谨以此书，
致敬在平凡岗位上默默奉献的所有劳动者。

纪实文学

工匠之歌

东方大港桥吊司机竺士杰

彭素虹 著

宁波出版社
NINGBO PUBLISHING HOUSE

图书在版编目(CIP)数据

工匠之歌：东方大港桥吊司机竺士杰 / 彭素虹著
. -- 宁波：宁波出版社, 2024.3
ISBN 978-7-5526-5323-6

Ⅰ.①工… Ⅱ.①彭… Ⅲ.①纪实文学－中国－当代
Ⅳ.① I25

中国国家版本馆 CIP 数据核字（2024）第 057135 号

工匠之歌
东方大港桥吊司机竺士杰

GONGJIANG ZHI GE
DONGFANG DAGANG QIAODIAO SIJI ZHUSHIJIE

彭素虹　著

出版发行	宁波出版社
地址邮编	宁波市甬江大道 1 号宁波书城 8 号楼 6 楼　315040
责任编辑	朱璐艳　苗梁婕
责任校对	邵晶晶
装帧设计	金字斋
印　　刷	宁波白云印刷有限公司
开　　本	889mm×1194mm　1/16
印　　张	12.25　　插　页　4
字　　数	130 千
版　　次	2024 年 3 月第 1 版
印　　次	2024 年 3 月第 1 次印刷
标准书号	ISBN 978-7-5526-5323-6
定　　价	68.00 元

如发现缺页或倒装，影响阅读，请与印刷厂联系调换，联系电话：0574-87682300

竺士杰在宁波舟山港穿山港区码头巡查。

竺士杰爬到离地70米的高空桥吊"一"字梁上,检查悬臂俯仰挂钩运行情况。

竺士杰(中)在工作室操作集装箱岸桥模型。

竺士杰作为杭州第19届亚运会火炬传递宁波站最后一棒火炬手,跑向宁波火炬传递收火台。

序 言

工匠颂

胼胝手足每无遑，
术达精妍奉殿堂。
夕惕朝乾终不悔，
内诚外信众相望。
一生勋绩多争秀，
万种创新独显彰。
青史传留家国梦，
盛强路上大师匡。

—— 陈德伟（宁波市总工会原副主席）

注：奉殿堂，指达到更高的技能境界（殿堂）。

工匠之歌

向海而生，依港而兴。

1999年6月底，竺士杰第一次登上16层楼高的桥吊，想起小时候有一天醒来，看见母亲在昏暗的灯光下缝补。现在，他头上的天空，艳阳高照，一朵朵白云像棉花糖一样，轻轻飘浮着，而身旁的大海，波光粼粼，在太阳的照射下反射着迷人的光。一切是那么的明亮，那么的祥和。

回想那晚，灯光摇曳，母亲有些老花眼了，已经不能顺利地穿针引线，见竺士杰醒来，赶紧示意他帮忙穿一下针。拿着一根白色的线，隔着1厘米的距离，对准那细小的针眼，一次没穿上，接着再来。时至今日，竺士杰仍能记得当初穿针引线的细节。

眼下，师父告诉他，桥吊司机要将带有4个锥形锁头的吊具缓缓放下，然后稳稳地送入集装箱四角的锁孔，确认闭锁，平稳起吊集装箱。从49米高的驾驶室望下去，这锁孔就如火柴盒那么小，他要在高空操作手柄，让吊具下降，对准这4个锁孔，完成"穿针引线"动作，精准度在2厘米内。

竺士杰所在的地方，是万吨巨轮云集的宁波舟山港穿山港区，这里一座座桥吊高耸林立，地面上一辆辆集装箱卡车往来不息。40年前，宁波舟山港还是一个深处内河的地方小港，年货物吞吐量214万吨；40年后，它已成为名副其实的世界第一大港，年货物吞吐量超10亿吨。

序 言

港口的发展,除了完善的硬件优势,桥吊效率也至关重要。已届不惑之年的竺士杰,就是在宁波舟山港的发展壮大中成长起来的桥吊司机。从1998年来到宁波港北仑集装箱有限公司学习起重机操作,到后来成为龙门吊司机、桥吊司机、工班长、大班长,从事装卸工作二十几年来,他常常一头扎进驾驶室,49米的高空中,如此"穿针引线"般的操作,他一气呵成。

伟大事业始于梦想,基于创新,成于实干。从宁波港技工学校毕业的竺士杰,深知岗位创新是企业创效的源泉,他用力学理论进行分析,用实际操作进行探索,结合钟摆原理,自创了一套"稳、准、快"的"竺士杰桥吊操作法",在提高速度的同时,有效降低设备的故障率,降低司机疲劳感,节能降耗,方便标准化培训。他还依托竺士杰创新工作室,带领团队致力于优化操作流程、提升团队作业效率等课题创新,他们推出的"万箱船一箱节约一美元"服务承诺,为宁波舟山港赢得"沿海港口的楷模"赞誉。

作为宁波舟山港产业工人的表率,竺士杰是青工中"立足岗位、创新创效"的典范。

他自创了"竺士杰桥吊操作法";

他出版了《竺士杰工作法:桥吊操作基本方法与实际应用》专著;

他获全国五一劳动奖章;

工匠之歌

他是全国技术能手；

他是全国劳动模范；

他是全国道德模范；

他是大国工匠年度人物；

他7次受到国家领导人接见。

2020年3月29日，习近平总书记来到北仑穿山港区考察时强调，宁波舟山港在共建"一带一路"、长江经济带发展、长三角一体化发展等国家战略中具有重要地位，是"硬核"力量，并向竺士杰提出"发挥好劳模作用，带出更多的劳模"的殷切嘱托。

几年来，他牢记习总书记嘱托，把个人技术无私传授给同事，带出的徒弟成为生产一线的骨干；他一直没有停下完善桥吊操作法的脚步，"竺士杰桥吊操作法"从1.0版到4.0版远控智能化桥吊操作，不断升级的过程，见证了他一丝不苟钻研技艺的努力。在他看来，用一心一意钻研技能的工匠精神，去带动身边人，激发大家的工作热情，才能不负嘱托，为港口事业的发展做出更大贡献。

时代呼唤工匠精神。竺士杰是一个勤于思考、善于钻研的人，每天在桥吊上低头弯腰瞄准集装箱四边的锁孔，在埋头苦干中还能想着技术创新，这是一份对岗位的热爱，对港口梦的执着追求。竺士杰又是一个聪明过人、踏实认真的人，原来的

序 言

桥吊操作需要4个步骤,他不断摸索,找到了运用减速稳关,只要2个步骤就能完成的操作方法;并用3个月时间,一笔一画,字斟句酌,手写了桥吊操作法。竺士杰还是一个懂得感恩、受人尊敬的人,他精于工、匠于心、品于行,想到他,会想到明媚的春风,温馨的暖阳,还有一张清朗纯净的笑脸,这也许就是我们当代工人该有的模样。

放眼世界,综合国力的竞争归根结底,就是人才的竞争,以及劳动者素质的竞争。"十四五"的壮阔蓝图已经铺就,让我们厚植工匠文化,培养更多的高技能人才和大国工匠,在推动港口发展和国家民族富强的新征程中,乘风破浪,开拓进取,开创新的辉煌。让我们以竺士杰的话共勉:"相信只要沉下心来学好技能,以工匠精神、劳模精神引领自己的职业道路,做好每天的工作,一定能够成为有用的人。"

目录
Contents

一、工匠之源

最初的梦想 …………… 03
这是一道光 …………… 17
绚丽的海港 …………… 32

二、工匠之路

这里是宁波 …………… 49
当好"烧火棍" …………… 66
把活儿干好 …………… 82
敢啃硬骨头 …………… 97
工人有力量 …………… 112

三、工匠之歌

挑战不可能 …………………… 129

劳动的双手 …………………… 149

有梦作翅膀 …………………… 168

后　　记 ……………………… 186

一、工匠之源

最初的梦想

一大早,宁波舟山港的桥吊司机、大国工匠竺士杰乘坐工程电梯,直达49米高空的工作岗位——悬挂在桥吊大梁下的司机室。

坐在几平方米的狭小空间里,他低头弯腰,通过脚下的透明玻璃,瞄准集装箱的四个角,熟练地操作手柄,着箱、闭锁、拉升、落箱……把一个庞大的集装箱精准地放在指定位置,上下层叠放的误差,不超过2厘米。

这是2022年国庆前夕,我第一次在工作场所见到竺士杰的模样。当我听说他在生活中非常喜欢音乐时,看到他一身工装、憨厚朴实、明朗纯净的模样,我的脑海中浮现了《最初的梦想》的旋律。

我们的交流,从2006年他跟时任浙江省委书记的习近平同志,搭档起吊集装箱的那天开始。

工匠之歌

"2006年12月27日,我第一次见到浙江省委书记习近平同志。那天,他指挥起吊宁波–舟山港第700万标箱,我是吊起该集装箱的桥吊司机。是不是可以这么说,我给习书记做过'司机'!"说起这些,竺士杰的眼里泛着光。

时间回溯到那天,在宁波北仑四期集装箱码头,时任浙江省委书记近平轻轻启动起吊按钮的一刹那,彩炮齐鸣,礼花绽放,标志着宁波–舟山港集装箱年吞吐量突破700万标箱的硕大集装箱,被缓缓起吊到地中海黛布拉巨轮上。

"这是我长这么大,第一次参加这样盛大的庆典活动,我的心里非常激动,又觉得格外神圣。我想,我一定要跟习书记配合好。在做准备工作的时间里,我跟工程部的同事一起仔细谨慎地多次调试设备,练习起吊降落。当天,我的目光一直追随习书记,当他把手掌按向启动按钮时,我准确地吊起了集装箱。"竺士杰说,习总书记很重视港口发展,他在2005年12月20日举行的宁波–舟山港管委会挂牌仪式上就提出,港口建设将是浙江省经济发展中的大手笔,港口建设的重点在宁波、舟山港一体化。于是,在宁波–舟山港完成当年第700万个标箱的这一天,他来参加盛典,按下了第700万个标箱的起吊按钮。

我想,竺士杰道出了众多港口人的心声。早在2002年12月,时任浙江省委书记习近平同志指出,浙江港口可以发展成为全国之最甚至世界之最,指示要加快宁波、舟山港一体化进程,形成以宁波-舟山深水港为枢纽,温州、嘉兴、台州港为骨干,各类中小港口为基础的沿海港口体系。在他的关心下,2005年12月20日,宁波-舟山港管理委员会成立;2006年1月1日,"宁波-舟山港"名称正式启用,从此开启了宁波、舟山两港组合发展的新篇章。

说到宁波舟山港的发展变迁,竺士杰翻开了陈崎嵘创作的《东方大港》一书,在《奠基者的足迹与回声》章节,宁波港从河埠码头起步迎新生的场景扑面而来:

劈山、填海、筑坝、建码头……随着1978年12月18日,党的十一届三中全会召开,改革开放的春风吹遍了神州大地,也为宁波这座千年古港带来了春天的生机。在会议召开的前两周,根据周恩来总理"三年改变港口面貌"的指示,浙江省首座万吨级煤炭码头——镇海港区煤炭码头简易投产,这标志着宁波港口实现了从内河港向河口港的跨越。

"宁波的北仑港素有'水深流顺风浪小、不冻不淤陆域大'的美誉,是我国少见的天然深水良港。听我师父说起,在1979年1月10日,作为上海宝钢的配套码头,我国首座10万吨级矿石中转码头——北仑港区矿石中转码头在北仑山旁的海面上打下了第一根桩。就在这一年初,宁波老港、镇海港、北仑港三港合一,成立了交通部宁波港务管理局,此时我还没有出生呢!"提到宁波港的建设历史,竺士杰的眼里充满了对前人的敬佩。他告诉我,在同年6月1日,经国务院批准,宁波港重新对外开放,这距宁波被辟为五口通商口岸已过去130多年之久。

在他的叙述中,宁波港建设之初的一个个重要节点徐徐铺展开来。

1982年,宁波北仑港区的10万吨级矿石中转码头顺利建成,同年11月,装载着2.7万吨化肥的"云海"轮,靠泊在北仑港区10万吨级矿石中转码头,从此北仑港区开始走上发展铁矿石、化肥、煤炭的"一专多用"之路;1987年,国家批准建设北仑港区二期工程的6个深水泊位,其中包括集装箱、通用泊位;1994年,北仑港区二期集装箱码头全年完成集装箱吞吐量首超10万标准箱。

起好了步,开好了局,在这样的势头下,港口奋斗者们顺势而为、奋力向前。

就在1996年6月2日,宁波港联合中远(集团)总公司开通了首条美东周班航线,掀开了建设国际集装箱远洋深水中转枢纽港的篇章。在随后的几年里,宁波港股份有限公司与马士基航运、达飞轮船、太平船务等国外船公司强强联手,陆续开通了欧洲、北美、南美等集装箱航线。

到了2001年6月8日,宁波港务局迈出了大胆探索的步伐，与和记黄埔国际港口集团举行合资签约仪式。这以后，香港的先进管理理念，逐渐融入码头管理的各个方面。当年，宁波港集装箱吞吐量首次突破100万标准箱，全球排名升至第49位。

而1980年出生在宁波江北的竺士杰，在1994年宁波港口进入"地方性集装箱港口"行列时，还在宁波市第二十中学学习。从小就认为技术工人很厉害的竺士杰，1995年初中毕业时，选择了考技校进厂当工人。动手能力很强的他，如愿考进了宁波港技工学校，在港机驾驶专业学习了3年。因为优秀的学习成绩、操作成绩和较好的视力及身体素质，1998年他被宁波港北仑国际集装箱公司第一批招录。

就这样，竺士杰与宁波港结下了一生的不解之缘。

匠人以其精神，塑造着人类的文明。

在古代，所有从事手工技艺的人统称为匠人。《考工记》是我国最早记载手工艺技术的文献，书中记载："审曲面势，以饬五材，以辨民器，谓之百工。"意即工匠根据五材（石、土、木、金、革）的形状和属性，结合实际需要进行处理，制作成器物，为百姓所用，这是百工的职责所在。

关于工匠，大家首先想到的是"百工之祖"鲁班。

工匠之歌

鲁班，春秋时期鲁国人，我国历史上最为著名的能工巧匠。他出生在工匠世家，从小就跟随父辈学习土木工程。提到鲁班，就会想到他的老乡墨子。在《墨子·公输》中，记载有鲁班和墨子"止楚攻宋"的斗法故事。

相传，善于发明的鲁班为强大的楚国制造了攻城利器云梯，楚国打算利用这一新式武器，来攻打邻近的宋国。祖籍宋国的墨子听说后，秉持着"兼爱、非攻"的信念，来劝说鲁班不要攻击宋国。于是，他们展开了中国历史上最早的一次沙盘推演。

作为守城一方，墨子利用腰带为城墙，木片为器械。作为攻城一方，鲁班模拟云梯，连续九次架设变更攻城器械，均不能攻破城池。最终，鲁班的攻城器械用完了，墨子的守城工具尚还有余。鲁班见状，对墨子说："我知道怎么攻进城去，但是我不说。"回过头来，墨子对楚王说："鲁班的意思是，只要杀了我，就可以攻破宋城。但是，我有弟子三百多人，已经掌握了我守城的技巧和机械。"就这样，经过这次推演，楚王放弃了攻打宋国的计划。

从这个故事可以看出匠人制造工具的作用。"工具"一词，在《天工开物》中反复出现。《乃粒》中，提到了风车、石碾、水碾等农用工具；《乃服》中，讲到了轧花机、弹棉弓等纺织工具；《作咸》中，提到了打井和制盐工具；《锤锻》中，有木风箱等锻打工具。书中对农业和手工艺记载详略兼顾，配以插图，阅读起来甚是有趣，一度在国外流传甚广，被英国生物学家达尔文称为"权威著作"。

随着时间的推移，中国古代匠人们逐渐分化为两种，一种是具有高超技艺为王室服务的官匠，另一种就是制造民间器物的民匠，这些民间匠人逐渐发展成为古代手工业的主体。

在国外，工匠也发挥着重要作用。"人们原本就像野兽那样住在山洞里。但如今他们向名闻遐迩的赫菲斯托斯学会了许多技术，所以他们整年都能够在自己的房子里过着祥和的生活。"这是一首歌颂工匠之神的荷马式诗歌《致赫菲斯托斯》，实际上也是在歌颂历史上那些给人类留下文明印迹的匠人。

赫菲斯托斯是古希腊神话中的工匠之神，他为人们提供精美的器物，诸神也喜欢他的发明。比如宙斯的长矛、阿喀琉斯的盾牌，这些都是他制造的。除了兵器，最为著名的，是他用黏土制作出了美丽的女人——潘多拉。

从古希腊开始，西方的匠人就同艺术创造紧密联系。传世画作《蒙娜丽莎》的作者达·芬奇，是文艺复兴时期最杰出的画家之一，也是一名爱好机械设计的巨匠，他留下多张飞行器的草图。在西欧漫长的中世纪里，这些匠人保存着艺术与文明的火种，成为照亮西方中世纪的一道明亮曙光。

美国社会学家理查德·桑内特说："只要拥有一种纯粹为

工匠之歌

了把事情做好而好好工作的欲望,我们每个人都是匠人。"可以这么说,专注于工作的每个人,都在传承着匠人的精神。

关于工匠精神,可以追溯到《庄子·庖丁解牛》。古代工匠大多穷其一生只专注于做一件事,这样既能得到精妙绝伦的产品,又能获得心灵的愉悦和精神境界的提升。

庖丁是一名专司屠宰的工匠。他在解牛过程中,发现了蕴藏在牛骨头缝中的自然规律,因而每每动刀,总能游刃有余。"平庸者用刀硬砍骨头,所以一月换刀;在此之上者以刀割筋肉,一年换刀;自己之所以能十九年不换刀,并非天生如此,而有一个从初始无状、三年小成到现在依然不断精进的过程。"

他的这些话表明,工匠对技术的修炼,永无止境。通过日积月累,让技术精进到一定程度后,才有可能化境入微。

进入后现代工业社会,传统技艺工匠逐渐淡出人们的生活,随之涌现的是机械技术工匠和智能技术工匠。这样,工匠精神又有了新的内涵,包括敬业、精益、专注、创新等。

敬业是中国人的传统美德,宋代大思想家朱熹,将敬业解释为专心致志、以事其业。精益就是精益求精,是指已经做得很好了,还要求做得更好,正如老子所说,"天下大事,必作于细",即使做一颗螺丝钉,也要做到最好。专注就是内心笃定而着眼于细节的耐心、执着、坚持的精神,一旦选定行业,就一门心思扎根下去,心无旁骛,在这一领域成为领头羊。创新是指把匠心融入生产的每个环节，既要对职业有敬畏、对质量够精准，又富有追求突破、追求革新的活力。

古往今来，热衷于创新发明的工匠们一直是推动世界科技进步的重要力量。新中国成立初期，我国涌现出一大批优秀的工匠，如钳工倪志福，在钻头领域发明了三尖七刃麻花钻，后来还为周总理做过椅子。改革开放以来，"汉字激光照排系统之父"王选等工匠精神传承者，让中国创新影响了世界。

时至今日，随着《中国制造2025》国家制造行动纲领的提出，加快培养制造业发展急需的大国工匠，建设具有一丝不苟、精益求精工匠精神的高技能人才队伍，成为当下一项重要而紧迫的任务。这样，就为竺士杰这种肯学肯钻的技术人才提供了脱颖而出的平台。

对产业工人来说，技能技术是立身之本。竺士杰自创的桥吊操作法，究竟是通过怎样的技术原理，来达到提高装卸效率这一目标的呢？

带着这样的疑问，我打开了蓝绿相间的《竺士杰工作法：桥吊操作基本方法与实际应用》一书，书的腰封上面印着"国内第一本讲述桥吊操作技法的图书"字样，创造了"振超效率"的全国劳动模范许振超为本书进行技术审读并作推荐。

工匠之歌

全书分为《竺士杰桥吊操作法概述》《竺士杰桥吊操作法的基本方法》《竺士杰桥吊操作法的特殊应用》《竺士杰桥吊操作法的培训应用》几个部分。每一个章节,都图文结合,让人能一目了然读懂操作要领,具有较强的实操性。书的最后,还附有《竺士杰桥吊操作法基本操作三字诀》,我试着阅读了一遍,发觉不仅读起来朗朗上口,还能帮助快速记忆。

让我们先到书中,了解"竺士杰桥吊操作法"的形成原理。

"竺士杰桥吊操作法的核心内容是利用钟摆原理,对桥吊小车行走过程中吊具摆动规律的研究以及稳钩(也可称"稳关")手法的运用。钟摆原理的核心是当钟摆到达顶点后,会向垂直点回摆。利用钟摆运动的这一规律,吊具以钟摆状到达顶点后,开始向垂直点回摆的同时,必须操作桥吊小车开始减速,减速速度与吊具回摆速度相吻合,直至回摆至相当于钟摆垂直点的位置后,停止桥吊小车运行,达到稳定吊具的目的。"

书中专门插图讲解,要做到稳关操作,就必须掌握桥吊小车平台的行走时机、运行速度、行走距离、同向跟进这四个要素。操作中,注重"人机合一"的状态,兼顾安全性与效率性,其核心理念是在作业中实现"稳、准、快"。

在讲到"竺士杰桥吊操作法"的核心内容时,书中指出,作业中的桥吊小车需要行走不同的距离,因此需采用不同的稳钩手法。比如,长距离行走,采用减速稳钩的方法,在稳定摆角的同时，实现桥吊小车位移；中长距离行走，可采用加速稳钩与减速稳钩相结合的操作方法，在到达目标位前，采用减速稳钩的方法完成稳钩与对位操作；短距离行走，采用加速与减速相结合的稳钩方法，2挡以内的桥吊小车不会出现延时制动行走的状态，可以精确控制桥吊小车的行走速度。

阅读这样的实操文字，对我这种多年没摸过机械设备的人来说，有些生疏。但我从《桥吊防风锚定的具体操作方法》《当船体发生倾斜时的操作要领》《小型及困难船型开关舱板的操作要领》《考前练习》这些章节的细致讲述中，读懂了竺士杰作为大国工匠传、帮、带的良苦用心。就像他常说的"一花独放不是春"，他想让桥吊工人都掌握这门技术，这样才能凝聚奋进力量。

让我们带着这些技术要领，去看看现实生活中，竺士杰对操作法4.0版远控智能化桥吊操作的摸索。

2021年6月，随着码头设备智能化改造的快速推进，远控操作集装箱装卸成了大趋势，竺士杰于是琢磨起操作法4.0版的改进。

"用上远控操作系统后，我们不在现场，就没有自己的直观感受，只能依靠画面和数据来掌控。"第一次尝试，耗时3分多钟，他的心里很不是滋味，桥吊效率是一座港口运行效率的关键指标之一，远控操作效率必须要提高！他在心里给自己

工匠之歌

打气。

眼下没有现成的经验可循,他就自己摸索。

第一步,他和同事研发了一套集装箱码头作业动态模型。"有了动态模型,我们就能把抽象的理论,转变成直观的现场动作,这样能让司机更方便地理解设备的运行原理,从而在操作端降低故障率。"

第二步,采集数据。"这里为了能够更加逼真地还原现场作业场景,我们制作了这个动态模型的沙盘。"

第三步,设计图纸。"这样能够准确还原真实设备的比例和结构,让模型各个部件能准确匹配上。"

第四步,寻找材料。"这一步呢,需要用到匹配的材料,才能够完成模型的制作。比如说,模型的吊具要完成抓箱,我们要匹配好磁铁的吸力和脱离的空间,能够符合集装箱起吊和释放的准确性。"

日常工作之余,竺士杰把所有时间都用在开发这个动态模型上。现场没有模具,他就自己开发,没有现成的零件,他就想方设法找东西替代。凭着一股韧劲,他一步一步啃下了这块硬骨头,光是吊具伸缩梁,他就来回试了十几种不同规格的磁铁。

在一个寻常的周六早上 7 点,模型师傅火急火燎打来了电话:"竺师傅,大事不好了!我们的工作室着火了!"

当竺士杰火急火燎地赶到现场,发现设计的图纸和刚做完的桥吊大梁模型,都被烧没了。眼看着两三个月的努力付之一炬,他一阵心痛。好在,这些模型数据电脑里都有备份,想到这,他心里才稍稍觉得安稳一点。

他暗暗告诫自己,哪怕一切推倒重来,这条路也要走下去。于是,休息时间,他赶紧上门找模型师傅,想办法尽快从头再来。

"现在的这套模型,我们花了一年多时间才做成,这其中有近万个零件,它们的精度误差不到1毫米。现在,它可是我们司机培训的独门宝贝。"竺士杰操作着模型遥控器,钢丝绳的松紧、吊具的倾转角度……电脑屏幕上,现场的真实作业场景,被最大限度还原出来。

在竺士杰创新工作室里,还有不少他视为宝贝的东西:和海港教培中心合作开发的远控模拟设备,既不占用码头作业资源,又为培训司机提供了实践操作平台;沉甸甸的操作手册,从1.0版到4.0版,记录了自己20多年的操作经验,随着这本操作法越写越厚,司机远控吊箱的平均时间越来越短……

工作中,竺士杰和同事们一边钻研理论知识,一边苦练操作技术,终于有了收获 —— 宽敞明亮的远程控制室里,十多个摄像头传回作业现场不同角度的画面,清晰呈现在几块屏幕上。竺士杰端坐在操作台前,1挡、2挡……左手轻推摇杆,千

工匠之歌

米之外的49号桥吊无人司机室开始向前运行；右手同时推动吊具起升手柄，吊具在空中划出一道流畅的弧线，精准定位，稳稳抓住集装箱。

"我最不放心的是起吊环节，一旦叠放的集装箱和下层有勾带，就可能造成掉箱。"竺士杰拉着操作杆，目光在各个屏幕上扫过，不漏过起吊状态的每一个信息。

"1分36秒！"当这个数字在计时器上定格，竺士杰高兴地挥了挥拳头。"我发现，箱子运行环节还可以优化。"打开一瓶矿泉水，竺士杰还来不及喝上一口，就和身旁的工程师提出改进方向。

此时，窗外的码头，一片繁忙景象。来自全球各地的万吨巨轮正在靠泊装卸，桥吊与卡车配合娴熟，各环节操作流畅，在喜欢音乐的竺士杰看来，这如同奏响了一首不间断的码头协奏曲。由此，他想到，勤奋耕耘，追求卓越，当一个优秀的港口工人，为国家发展尽一份力，这是自己最初的梦想，也是自己毕生的努力方向。

这是一道光

2022年11月24日，我在宁波港集团北仑第三集装箱有限公司（简称北三集司）党群工作部的曾叙砜带领下，前往竺士杰创新工作室观摩。

一走进北三集司的办公大楼，迎面而来的宣传语"港通天下　服务世界"，似在诉说着这些年，宁波舟山港一直在践行的初心使命。"去年，北三集司坚持一手抓疫情防控，一手抓安全生产，共完成集装箱吞吐量超1087万标准箱，较上一年度增长超3.5%。"曾叙砜感慨地说起，疫情期间职工居家隔离减员四分之一，竺师傅带领劳模先进冲在了生产一线，办公室、会议室、仓库打满了整齐的桌铺、椅铺、地铺，大家以港为家加班加点保证生产。

曾叙砜口中的竺师傅，就是竺士杰。在公司里，因为带的徒弟众多，加上他的技术水平高，大家都尊称他为"竺师傅"。

工匠之歌

"快来看，这里就是习总书记亲自指挥起吊宁波–舟山港第700万标箱的地方！"说话间，我们走进了办公楼的露台间，曾叙砜指着一个操作台向我描述当时的情景，"那天，竺师傅就是用这台桥吊完成了第700万标箱的起吊。"

顺着他手指的方向，我望向不远处的港口码头，数艘巨轮正在忙碌地装卸，岸上红黄相间的集装箱星罗棋布，犹如调色板，把这里的冬季装点成了暖色调。放眼眺望，远处有货轮源源不断地驶入港口，雄壮的汽笛声一路高歌，就像一匹匹钢铁骏马在斩波劈浪。

"竺师傅现在还在岗位上，我们先去他的工作室看看。"曾叙砜一边介绍，一边把我带到了竺士杰的创新工作室。

轮船模型、集装箱岸桥遥控模型、龙门吊、卡车、码头设施，还有那一幅幅桥吊摆动结构图……这些专业的布置，让同为机械专业毕业的我深为赞叹。想当年，我也是画过起重机三视图的，并且在攀钢冷轧厂的机械车间工作过，榔头、扳手、起重机、润滑油，这些都是我们日常熟悉的"小伙伴"。可眼前这么详尽的吊装模型，我还是第一次看到。

"这些轮船模型，还有那一幅幅的桥吊工作结构图，都是竺师傅的心血之作。"曾叙砜为了让我进一步了解"竺士杰桥吊操作法"的原理，特地为我演示集装箱岸桥遥控模型的吊运过程。

一、工匠之源

"桥吊司机必须根据吊具的摆动速度和摆动幅度,来综合考虑设备的瞬动加速速度以及制动延时行走的问题,合理选择行走时机、运行速度、行走距离、同向跟进等要素,来做好停车稳钩操作。"曾叙砜说。

我们的话题,就从"竺士杰桥吊操作法"开始。

"'竺士杰桥吊操作法'是浙江省海港集团、宁波舟山港集团首套以职工名字命名的操作法。根据全国劳模竺士杰的'稳、准、快'桥吊操作法为蓝本提炼而成,先后经过手写版、2.0版、3.0汇编版等阶段,在不断适应船舶大型化作业需求的过程中,从原版八千余字扩容到三万多字,升级到4.0版本。"曾叙砜说起,2020年,《竺士杰工作法:桥吊操作基本方法与实际应用》被全国总工会推荐纳入"大国工匠工作法"系列丛书,向全国推广发行;如今,《竺士杰工作法:集装箱远控岸桥操作法》,即将由工人出版社纳入"优秀技术工人百工百法"系列丛书出版发行。

正说话间,竺士杰和他的徒弟郑恒亮走了进来。关于他如何在实践摸索中开始技术创新这个话题,竺士杰向我一一道来。

早些年,他在吊装中遇到一些困惑。当时的桥吊是"八国牌",日本、德国、阿根廷的都有,每台桥吊的性能还都不一样,这就导致每上一台桥吊,就要学一种操作方法。时间长了,竺

工匠之歌

士杰就在想,能不能出台一种标准化的操作方法,各个桥吊都能通用呢?并且,每天干完活下班,大家都会觉得腰酸背痛。因为,每起吊一个集装箱,都要进行4步操作,长时间俯身盯着起吊重物,颈椎、腰椎都会难受。长此以往,肯定会让身体受损,造成职业病。所以,竺士杰就琢磨着能不能有一种轻便的操作方法,既能适用于各台桥吊,又能降低劳动强度。

于是,他开始查阅资料,对照各台桥吊的操作方法进行琢磨,找到了减速稳关的方法。他想,得把这些心得记录下来。那段时间,除了上班,他都沉浸在构思与写作中。回到家,他就钻进书房,家务不做不说,有时候妻子叫他,他也充耳不闻。"这人魔怔了!"妻子不明白他在干什么,奇怪这个不爱写东西的人,怎么拿起了笔杆子。

决不放弃的竺士杰,凭着自己的坚定意志,在三个月时间里,手写完成了八千多字的操作法初稿。这得到了时任宁波港吉码头经营有限公司(简称港吉公司)总经理陈国荣的高度重视。公司抽调了经验丰富的操作司机及写作人员,将操作法进行逐字逐句的推敲完善,并在2006年12月举行了隆重的仪式,将他写的桥吊操作法正式命名为"竺士杰桥吊操作法"。

这之后,"竺士杰桥吊操作法"编印成册,在同事间传阅。当看到铅印成册的书籍,想到一个桥吊工人,居然有了以自己名字命名的操作法,竺士杰的心里非常激动。他觉得,这操作法不仅是他一个人的功劳,而是集合了大家的智慧和汗水,自己更要感谢身边帮助修改完善操作法的同事们,有了他们的帮助,才有了"竺士杰桥吊操作法"。

就在该操作法的推广过程中,宁波舟山港集团公司高速发展,港吉公司集装箱作业量从2004年的11.5万箱,增长到2014年的470万箱。随着船舶大型化,很多新的操作工艺出现。遇到如新型空箱吊具、双起升桥吊、双小车桥吊等新设备或新船型,竺士杰都会将新设备的操作方法记录下来,补充到操作法的培训推广中。经过几年积累,2013年两万余字的操作法2.0版形成了。

2014年,操作法的教材又有了3D动画版。为了使动画演示更准确,竺士杰扛起摄像机,从码头到船上,把桥吊操作的每一个细节拍成视频,发给动画制作人员,使他们能够准确地按真实场景制作。3D动画制作历时8个月,修改12稿,最终定稿时,制作人员开玩笑地说:"我们都是你的徒弟了,这些天也学会开桥吊啦。"

那么,"竺士杰桥吊操作法"具体的优势体现在哪里呢?

从实际数据来看,该操作法可提高桥吊一次着箱命中率7%以上,一年可增加100万标箱吞吐量。1.0版桥吊减速稳关操作方法,是提高稳关、对位的精确率,提高一次着箱率的方法;操作法2.0版的内容涵盖桥吊操作作业过程的方方面面,核心理念是"稳、准、快";操作法3.0版丰富了桥吊稳关技巧和桥吊作业前中后的安全操作要领,以图文形式扩充了装卸作业流程。

竺士杰提到,如今穿山港区正在进行远控智能化桥吊改造,4.0版的《竺士杰工作法:集装箱远控岸桥操作法》,将在编制中解决桥吊远控中亟须攻关的核心课题。

这些年,竺士杰创新工作室研发攻克了"万箱船一箱节约一美元""桥吊一次着箱率软件评测系统""桥吊司机作业精准效率评测系统"等30余个创新技改项目,累计创造经济效益达2000万元,被评为"全国示范性劳模和工匠人才创新工作室"。工作室目前拥有1个全国劳模、1个省劳模、1个市五一劳动奖章获得者,1个大国工匠、1个浙江大工匠、2个浙江工匠、1个宁波杰出工匠,3个全国技术能手、1个省技术能手,6个全国交通技术能手,1个省万人计划技能领军人才,1个省金蓝领。

工作室人才济济,作为领军人物的竺士杰,是如何把这么多技术人才聚到一起的呢?

就在2011年,公司成立了竺士杰操作法推进研究室,竺士杰肩负起了带领大家一起创新的重任。研究室刚成立那会儿,很多成员都是第一次接触系统的创新攻关,面对一些听上去很难完成的"不可能"课题,往往会没有信心,从而缺乏工作动力。

于是,竺士杰就经常把大家召集在一起讨论交流,和大家分享一些自己写操作法时的经验和趣事。大家听得津津有味,这间接地激发了大家的创新力。他们养成了一个习惯,聚是一团火,散是满天星,大家聚在一起碰头时,分享如何收集资料、分析数据、实地校正的经验;分开到各个班组时,就带着各自的问题到实践中去弄懂摸透。

这样日积月累,一起坐下来讨论,一起对课题成果进行阶段性总结回顾。渐渐地,他们面对难题越来越有信心,工作热情也越来越高涨,攻破的课题越来越多。

2015年,公司成立了竺士杰创新工作室,这个40多人的创新团队,集中了生产、管理、技术等方面的优秀人才。有了这个工作室之后,怎样持续创新成了竺士杰肩上的一副重担。顶着名头就得干实事,他花费几个月时间把"竺士杰桥吊操作法"做成了3D版,又做了轮船的模型,让大家可以更直观地模拟桥吊操作。

他认为,在这个工作室里,大家是互补关系,属于实践和理论的紧密结合。他在操作中感知到的问题、想改善的创新点,需要技术人才去实现。像开发桥吊工作效率监测软件,先由他

工匠之歌

来告诉技术员，需要在哪些关键节点上进行监测，他们再写相应的程序。软件开发出来后，运用是否合理，也需要他在操作过程中去确认和评价。好多技术员都表示非常愿意跟竺士杰合作，觉得他的点子多。

这个团队成立至今，攻克了很多技术难题，优化了不少操作流程。比如2012年的"万箱船一箱节约一美元"服务承诺，当年就为船公司节约了200余万美元。

他们率先在国内试行"集卡双拖平板"，就是采用1辆牵引车牵引2辆平板车的"一车双拖"作业方式，每小时可多作业3个集装箱，这项技术革新，被评为交通部第五批节能减排示范项目。

他们桥吊标准化QC（质量控制）小组，小、实、活、新的课题攻关项目不断，"提升新型空箱吊具作业效率""提高桥吊一次着箱率""提高桥吊故障二次间隔率"等多个QC成果，获得交通部优秀QC成果奖。

其中，"提高桥吊故障二次间隔率"项目走出国门，获得亚洲质量改进优秀案例三等奖。

2015年，他们对"桥吊一次着箱命中率"的软件开发进行了攻关。什么是"一次着箱命中率"？对桥吊司机而言，吊具抓住集装箱，称为着箱，着箱一次成功，就意味着高效率与低能耗。

在工作室成员的通力协作下,桥吊一次着箱命中率检测软件于 2016 年初开发成功,每年可节约能耗约 58 万元。

那么,在这些荣誉和数据背后,"竺士杰桥吊操作法"的推广,又发挥了怎样的作用呢?

竺士杰他们班组成立了桥吊金牌导师团队,全面推广"竺士杰桥吊操作法",将一次着箱命中率纳入桥吊司机的绩效考核。据测算,2016 年至 2019 年 4 年来,宁波舟山港桥吊司机平均一次着箱命中率从 72.6% 提升到了 79.68%。

这些数据虽小,但放到千万级码头,就是大数目。为此,公司算了一笔账,桥吊一次着箱命中率提高 7%,效率可提高 2.4 自然箱每小时。一年可节约成本 21.6 万元,一天可以多吊 3400 个集装箱,一年就能多吊 126 万个标箱,这相当于多出来一个多泊位的年作业能力!而建设一个泊位的初始投资就需要 10 亿元,还不包括堆场等配套设施。

说到这些,竺士杰透过玻璃窗望向不远处的码头,似在沉思,又似在展望。

"竺师傅,我听说当年跟你一起进入港口工作的 40 个人中,只有你成了全国劳模、大国工匠。你身上肯定有一些与众不同的劳模特质和工匠特质,你愿意用哪些词来形容自己的这种特质?"

面对我的提问,竺士杰有些不好意思地笑了笑。他觉得,可以用六个"心（新）"来评价自己。

第一个是不忘初心。要当一根好用的"烧火棍"，就要踏实学好技术。对于学习的技能，他始终抱有好奇之心，热爱赤诚之心，和对待技术技能的敬畏之心！

第二个是匠心。所谓匠心，就是在工作岗位中，要守得住寂寞，不断思考，用不断追求卓越的心态，挑战自我，不断提高技术技能。

第三个是创新。所谓创新，就是在工作中不能墨守成规，要带着发现问题的眼光，在技术岗位当中，改进自己的工作方法，不断提高技术技能。

第四个是师心。所谓师心，即要有传承之心。在坚持初心、匠心和创新的基础上，要想尽一切办法，总结提炼操作方法，形成可复制、可推广的操作方法，让更多的人学习到好的技术，进而从一个人好，变成团队好，带领团队助力强港建设。

第五个是热爱生活的诗心。要成为大国工匠，既要会工作，也要会生活，要用积极阳光的心态，拥抱美好生活，享受美好时代。

第六个是挑战自我的决心。从开龙门吊转到最难操作的桥吊，从手把手地带徒弟到把操作法整理出来让更多人学习，再到成立创新工作室，还有后来获得很多荣誉，要代表一个群体去发声，这些都是非常大的挑战。遇到困难，就要想办法去一个个克服。

"我不会想着今后要怎么样,我觉得重要的是,先做好当下的事情!"竺士杰由衷地说。

如果每个人都能像竺师傅一样,做好当下自己能做好的每一件事,也是成全最好的自己。我在心里默默地想。

郑恒亮是竺士杰创新工作室里的6个全国交通技术能手之一。他既是创新工作室的骨干成员,也是竺士杰的得意门生,还是公司的桥吊金牌导师。不得不说,他与师父竺士杰的缘分非常深,因为就桥吊金牌导师这一身份来说,竺士杰正是他们这些金牌导师的导师。

不善言辞的郑恒亮,说起这些年的工作经历,心中充满了感恩。

2005年,郑恒亮刚入职就听说竺士杰的操作手法和别人不一样,他就很想学学。那会儿,竺士杰晚班带徒弟,他就站在边上听,一听就入迷了。此后,他总是晚上留下来"偷师学艺"。

久而久之,竺士杰被他这种学习的劲头感动了,就利用工余时间指导他开桥吊,还表扬他开车稳。这让郑恒亮对开好开稳桥吊有了信心。他觉得自己很幸运,一入职便得到了竺士杰的指导。

工匠之歌

有一个技术高超、做人厚道的师父，可以让人少走几年弯路。最初，郑恒亮在进行桥吊小车稳关训练时，一天到晚重复练习，当时又没有船来卸货，完全是来回空开，这让人觉得很枯燥，心里感觉也没什么用，就有些学不进去。加上他不爱说话，不会主动跟师父交流，心里有事也不说开来，就有些郁郁寡欢地机械操作着。

竺士杰看出了他的心事，引导他只要每天进步一点点，就会熟能生巧。并提出让他每周写周记，把不理解的地方写下来，这样多训练多总结，坚持就会有回报！

小车稳关，起升联动稳关，"品"字箱着箱、叠箱、嵌箱、靠箱训练等，一个个步骤不停地练习。那段时间，竺士杰的认真教导和悉心传授，让18岁的郑恒亮在技术上有了进步，工作起来也更开心了。

"对我来说，教导每个徒弟的过程，都是对自己理论知识的进一步梳理、提炼和升级，'竺士杰桥吊操作法'就是在教学相长中诞生的。实际上，我是和徒弟们共同成长的。"听到我们的交流，竺士杰在忙碌的间隙插话道。

"其实，师父不仅教会我们技术，还常跟我们进行思想谈话，在言传身教中，教会了我们很多做人的道理。"郑恒亮说了几个工作中的小故事，让我对眼前的竺师傅有了更加深入的认识。

2022年末，受新冠疫情管控影响，竺士杰带领班组骨干连续一周两班倒工作,他白班夜班连轴转,只利用空闲的时间休息一下。郑恒亮说,那些日子,他们天天在食堂打地铺,感觉才下夜班,休息一会儿就又要上岗位。大家看到竺师傅这样冲在前头、干在前面,他们也就毫无怨言地跟上师父的脚步。

在创新工作室,单单着箱率统计、精准效率测试,他们就接连做了好几个月。每个工作室成员都有自己的本职工作要完成,所以他们只能利用中午休息或者周末时间;有课题攻关项目了,大家就聚在一起琢磨讨论。在郑恒亮看来,竺师傅带领大家加班加点搞创新,这是工作常态。记得有一次,因为模拟远控桥吊机的速度匹配不上,竺师傅深夜想到问题所在,赶紧打电话跟他探讨。看到师父这么认真思考工作,他也毫无睡意,立即对着图纸一起研究起来。

作为金牌导师的导师,竺士杰就更忙了,他要抽出时间来给徒弟们演示哪些操作是不规范不到位的,让徒弟们知道操作的误区在哪里,这样可以有效避免工作上出差错。从理论到实操,他完全是手把手地教导。郑恒亮觉得,以前每个师傅的操作手法不一样,现在要求他们导师以标准手法操作,这样教出来的徒弟的操作手法一致且高效快捷,这完全得益于"竺士杰桥吊操作法"。

"师父做任何事情都很认真,他精益求精的工作态度让我深受感染。一次,班组一起做防风拉杆绳子,我们都觉得可以了,他还是不放心,一定要绑得严丝合缝。平时,他也经常告诉我们,'只要功夫深,铁杵磨成针'。"郑恒亮说,严师出高徒,竺师傅对大家工作上要求很严格,生活上又很关心,跟着师父,他懂得了努力就有回报的道理。

我对郑恒亮的话很有共鸣,作为过来人,我深深地感受到,师父教会我们的不仅是技术,还有做人的学问。初入工厂,我也有自己的师父,记得师父跟我说,要少说多做,我至今奉为处事信条。

"恒亮是我的徒弟之一,他的操作技术已经很出色了。2019年,我参与起重装卸机械操作工国家题库开发工作,他担任了浙江省起重装卸机械操作工题库开发专家,由他总结的桥吊特殊船型操作法被广泛运用。我希望,他能在创新工作方面继续深耕,做到持之以恒、发光发亮!"竺士杰结合郑恒亮的名字,笑着说。

对于这个创新工作室,竺士杰深情地表示,在宁波舟山港,他不是一个人,而是一个集体。这些年,他带出了很多徒弟,他们大多已是岗位上的中坚力量,其中不乏全国技术能手、全国交通技术能手、浙江省劳动模范、浙江金蓝领等。随着宁波舟山港进一步深度整合,他所在的北三集司迎来大船时代,他的打算是将"竺士杰桥吊操作法"推广好,与全国更多的同行交流学习,助力我们国家的港口建设。

当下，工作室正在推进的是远程操控、无人化等方面的技术。而无人化程度越高，桥吊司机的发展空间就越小，像核心的稳关技术，以后无人化操作就能完成，而且可能比人工更加稳、准、快。虽然桥吊司机这个岗位一时半会儿还不可能实现完全无人化，但通过相关创新，可以降低大家的劳动强度，这也是他的期待之所在。

展望未来，竺士杰觉得，只有不断鞭策自己，不断坚持不懈地学习，才能跟上打造世界一流强港的发展步伐。他认为，时代在发展进步，他们利用大数据统计监测操作司机的真实操作效率，利用5G、人工智能、物联网等技术来助力码头的远程操控和无人化操作开发，这是社会发展的需要，也是时代的呼唤。

祝福竺士杰和他的团队成员们。"今后，我将更加努力，铭记师父的谆谆教诲，勤学多思，把'竺士杰桥吊操作法'推广给更多的人。"走出他们的创新工作室，郑恒亮的话一直在我的耳畔回响。

绚丽的海港

宁波北仑是改革开放的前沿阵地,北仑穿山港区的桥吊司机竺士杰在遇到挑战时,勇于自主创新,他的身上彰显着时代工人敢闯敢拼的精神品质。建党百年,广大的工人阶级始终是先锋队,勇于自我革命,善于总结工作方法,勤于学习先进知识。一路采访中,我从竺士杰的身上,看到了我们新时代产业工人的模样。

那么,大国工匠竺士杰是怎么产生的?宁波舟山港为什么要培养一个桥吊工人典型人物?他的身上具有产业工人的哪些时代特征呢?

带着这些问题,我采访了宁波舟山港集团公司工会原主席陈国荣,他称得上是竺士杰成长路上的引路人,曾是竺士杰所在的港吉公司的总经理。这些年,他帮助并见证了竺士杰的成长。

在陈国荣看来,浙江省唯一的大国工匠竺士杰,能够从宁波舟山港冒出来,有几方面的原因。

其一,从平台来说,宁波舟山港的硬核力量起到了决定性作用。这里是年货物吞吐量全球第一的大港,港口有3万多的产业工人,加上宁波舟山港集团公司毛剑宏董事长对典型人物的培养又非常重视。

其二,从个体来说,竺士杰首创的桥吊操作法有创新力和推广价值。他在工作上精益求精、追求卓越,刻苦钻研、乐于奉献。竺士杰能入选大国工匠,这是全体桥吊工人的集体荣誉,意味着产业工人地位的提升。

其三,从时代来看,工匠精神要弘扬,产业工人的地位需要得到进一步提升。

基于这些原因,大国工匠就从宁波舟山港冒出来了,这有个体努力的内因作用,也有集体推动力量和时代呼唤的外因作用。

陈国荣告诉我,这些年来,对于海港工匠的培养,宁波舟山港集团公司工会一直非常重视。几年前,他们出台了《培育海港工匠五年实施方案(试行)(2017—2021)》,以"工匠精神"激发广大海港产业工人的创业创新热情,充分发挥工会大学校作用,着眼于培养一批长期奋战在一线,爱"港"敬业、甘于奉献,技艺精湛、精益求精,勇于创新、追求卓越的优秀劳动者。

说话间,工会的同志把这份文件递到了我的手上。文件

工匠之歌

提出,他们将通过打造"匠校"、锤炼"匠技"、崇尚"匠领"、培育"匠心",5年内培育海港工匠50名,以海港工匠为引领,配套培育适量的海港标兵和海港能手,进一步弘扬工匠精神,逐步打造浙江海洋海港工匠品牌。

东方海港的大国工匠竺士杰,就是这次培育活动中选拔培养的第一批海港工匠之一。当时,交通部推出的其他桥吊工人典型都退休了,竺士杰的年龄和技术都称得上是中坚力量。通过此次培育孵化,宁波舟山港集团工会不断发挥桥梁作用,从集团到省里乃至全国,持续往上推送,把竺士杰身上闪耀的劳动精神、劳模精神、工匠精神辐射开来,发挥先进榜样力量。

与此同时,对于产业工人的培养,宁波舟山港集团公司列支了一定的专项经费,用于技能人才的教育培训、技术比武、导师带徒、技术帮扶和岗位创新,力促技能价值回归,彰显港口工人的尊严和体面。

陈国荣的讲述,让我深为感动。咱们工人有力量,这力量来自自身的努力,更离不开组织的帮扶。

陈国荣感同身受地表示,自己也是工人出身,20世纪90年代,他在宁波港二期码头当机械队队长,搞集装箱运输服务。常年的基层工作,劳累奔波不说,工资待遇不高、社会地位低下这些问题,让他深深地体会到产业工人的难处。于是,到了管理岗位上以后,他就将心比心、设身处地给领导提出一些解决办法,呼吁为产业工人提升待遇。

在做宁波舟山港集团公司工会主席前,陈国荣还是竺士杰所在港吉公司的总经理。

2006年,竺士杰获得宁波市桥吊技术比武第一名,作为港吉公司总经理的陈国荣这才注意到他,了解了他的一些情况。2007年,浙江省政府要评十大金锤奖,要求是技术比武中产生的一线工人,当时宁波港有一个推荐名额,陈国荣就想到了把竺士杰报上去。竺士杰也争气,获得了浙江省职工技能状元(金锤奖)。

从那以后,陈国荣就经常找竺士杰交流,也从周围人那里听到一些评价,大家都认为这个小伙子成熟,有上进心,人也很朴实。

陈国荣笑着说,培养一个典型人物是一件慎之又慎的事情,不是说光有技术就好了,还要有进取精神、团队意识、大局观念和奉献精神。所以,当时他还了解了竺士杰家里的一些情况。

交流中,我们的话题回到推动"竺士杰桥吊操作法"命名的过程。对于这件事,陈国荣说起来非常感慨。

机遇只给有准备的头脑,这话用来形容竺士杰,一点不假!陈国荣最初认识竺士杰,是基于他的技术过硬,为人较好。后来才知道,他用了整整三个月时间,手写了八千多字的桥吊操作法。这不仅让陈国荣惊喜,更让他刮目相看。

工匠之歌

跟桥吊工人朝夕相处的陈国荣非常清楚他们的辛苦。他们每天坐在49米高的小操作室里,重复低头弯腰瞄准集装箱四边锁孔的动作。要知道,从竺士杰的操作室看地面上集装箱的锁孔,就像针眼一样小。长久的操作,会让人腰酸背痛,可竺士杰不仅不觉得累,反而乐在其中,一心搞创新研发,在陈国荣看来,这精神品质就特别难能可贵。

当时,浙江省总工会来宁波召开浙江省操作法推广现场会,陈国荣就跟集团公司工会主席吕力群商量,对竺士杰手写的操作法进行修订完善,并以他的名字命名,在现场会上进行推广,得到了吕力群的认可。

这样,港吉公司抽调了经验丰富的操作司机及写作人员,把竺士杰手写的操作法进行现场实操推敲和完善,后来他们还举行了隆重的命名仪式。陈国荣认为,以员工自己的名字命名操作法,更能激发大家的创新意识。

随后,陈国荣又把竺士杰的桥吊操作法推广到整个作业线,同时,提炼他作为桥吊工人团结务实、敬业奉献的精神,以影响更多的人。后来,陈国荣离开港吉公司,担任宁波舟山港集团公司工会主席,对竺士杰仍然不断关心,助力他把操作法提升到了2.0版,还推荐他担任浙江省政协委员、全国青联委员。这样全方位的提升,带动了一线产业工人学技术、学技能的良好氛围。

古人云，千里马常有，而伯乐不常有。聆听陈国荣的一席话，我的心里洋溢着春的暖意。

纵观竺士杰这些年的人生经历，他在20多岁的时候，荣获"全国青年岗位能手"称号，当选政协第十届浙江省委员，受到国家领导人接见；30多岁时，荣获"全国劳动模范"称号，获得国务院政府特殊津贴，被评为"大国工匠年度人物"；40不惑之年的他，被评为"全国道德模范"，取得港口机械高级工程师资格证书，受到习总书记殷切嘱托……

我们的时代在跨越发展，这些年来，竺士杰一直跟随时代的步伐努力向前。那么，他是如何跟上时代发展的？对宁波舟山港的众多建设者、对我们这个时代，他又有哪些典型和引领作用呢？

带着这些疑问，我走进了宁波舟山港集团公司工会，工会副主席蔡琳琳拿出一本蓝色小册子，先向我介绍了集团劳模工匠的"蔚蓝文化"。

蔡琳琳说，习总书记曾对竺士杰作出"发挥好劳模作用，带出更多的劳模"的殷切嘱托。这句话，对每一位浙港劳模工匠来说，都是一份沉甸甸的责任，也是信心和力量的源泉。在走向大海洋的时代，面朝蔚蓝的大海，宁波舟山港深入践行总

工匠之歌

书记的殷殷嘱托，大力弘扬劳模精神、劳动精神、工匠精神，蔚蓝文化应运而生。

蔚蓝，可以理解为是依海而生、向海图强的梦想亮色。它见证着浙港人爱"港"敬业、顽强拼搏、追求卓越的企业精神，彰显着浙港人建一流强港，创美好价值的企业使命。蔚蓝文化营造认同技能、投身技能的浓厚氛围，迈步技能成才、技能强港的时代征途，引领劳动创造幸福、技能成就梦想的共同文化。目前，宁波舟山港集团公司工会正在打造"329"蔚蓝文化品牌，"3"即培育知识型、技能型、创新型3型劳动者大军，"2"即擘画1张蓝图、打造1个样板，"9"即建设权益保障高地、素质提升高地等9个高地。

劳动创造幸福，技能成就梦想，这是浙港工匠的口号，也是大家努力的方向。因为劳动是一切幸福的源泉，是创造美好生活的必经之路，在劳动中躬身力行，不断磨炼自身技能，厚植劳动情怀，弘扬劳动精神，方能圆梦、兴港、强国；技能是产业工人成长成才的一张名片，是干事创业的重要支撑，也是拥抱梦想的坚实底气，浙港倡导走技能成才、技能强港、技能报国之路，争做新时代的知识型、技能型、创新型劳动者。

随着蔡琳琳的讲述，我发现这本蓝色小册子上还有浙港工匠方程式：浙港工匠 =（学习 + 创新 + 专注）× 奋斗。这可是一项非常有意思，还很有创新性的提法。

蔡琳琳解释说，工匠精神、工匠技能是企业持续发展的不竭动力，也是助推宁波舟山港集团高质量发展的重要动能。从广大职工对浙港工匠的理解中，集团提炼出了浙港工匠方程式，这也是像竺士杰一样的浙江海港劳模工匠工作的集中体现。这是因为，奋斗是基，学习是本，创新是魂，唯有常在努力奋斗中坚持学习，在学习中谋求创新，在创新中秉持专注，方能成为积基树本、魂定志坚的浙港工匠。浙港工匠是宁波舟山港强港征程中的生力军，守好匠心、铸牢匠魂、培育匠人，浙港未来才有无限可能。

劳动光荣，工人伟大，作为工人阶级中的一员，我对宁波舟山港集团的蔚蓝文化充满敬意。"近年来，宁波舟山港集团工会对竺士杰及产业工人的培养，具体有哪些方面和内容？"我把话题转到了我们的主人公竺士杰身上。

蔡琳琳拿出了一份2022年印发的《关于进一步深化推进集团产业工人队伍建设改革的实施意见》的文件，原来这些年，集团对产业工人的培养是全方位的。从技能培养来说，每年都有很多的技能竞赛，从基层部门到公司到集团层面都有，从日常的岗位练兵到各个层面的技能比武，在比赛中提高技能；同时，每个新进员工都有指定师傅培养，通过导师带徒来提高技能。从综合素质培养来说，集团有自己的工匠学校，学校从不同层面来提高产业工人的素质。

工匠之歌

我看到,文件上有关于谋划工匠学校建设的内容,经了解才知道,工匠学校有"四个营":第一个是特训营,针对像竺士杰这样的高手,属于工匠学校中的顶级班,主要从思想政治、劳模工匠精神、媒体应对能力、演讲口才、总结萃取能力等方面进行培养。第二个是提高营,主要针对要参加技能竞赛的产业工人,同时也培养竞赛的裁判员。第三个是成长营,主要针对28周岁以下的未来工匠的培养,特训营的高手是他们的导师。第四个是训练营,主要针对港口各工种的取证培训。

蔡琳琳介绍说,集团还成立了劳模工匠宣讲团和技师服务队,让劳模工匠进班组传道授业解惑。与此同时,集团注重对外的交流和学习,作为港口工匠创新联盟的理事长单位,集团正在扩大朋友圈,让产业工人走出集团拓展视野。

那么,竺士杰的工匠精神,对宁波舟山港的产业工人,对我们这个时代又有哪些影响呢?蔡琳琳深情地表示,竺士杰是宁波舟山港集团的一张金名片,大家以他为荣。

港口的产业工人把竺士杰当成榜样。因为竺士杰就是一个从技校生成长起来的大国工匠,在他身上,大家看到了未来和希望。对我们这个时代来说,他也有一种引领作用,让我们相信只要肯努力,就一定能收获成功。宁波舟山港集团的核心价值观就是服务创造价值,奋斗成就梦想。蔡琳琳觉得,奋斗是宁波舟山港成为世界第一大港的成功密码。

"唯有奋斗,才能成就精彩人生。"蔡琳琳的话让我深有同感。"最近,大国工匠竺士杰又获得了'中国质量工匠'的荣誉,你看,这是我们刚收到的文件。"蔡琳琳又拿出一份文件,欣喜地对我说。

接过《关于第二十届全国质量奖(2022—2023年)个人奖推选结果的公告》文件,我一眼就看到了竺士杰的名字,这是经党中央、国务院同意,由中国质量协会负责承办,向在实施质量强国战略中做出突出贡献的组织、项目和个人授予的在质量方面的崇高荣誉。

"完成1次集装箱的装卸起吊,只需要1分多钟,这个速度在世界上应该也算是领先的,这就是我们的中国速度。所以说,竺士杰获这个奖是实至名归!"蔡琳琳自豪地表示。

这是我们港口人创造的中国速度。"是你用双手将强港梦轻轻托起,是你锐意创新追赶继往开来的足音……"离开时,歌曲《蔚蓝》的旋律又在耳畔响起。我想,蔚蓝是浙港人眼前的蓝,闪耀着从河口走向海洋的老码头精神底色;蔚蓝又是浙港人脚下的蓝,驱动着争创一流的奋进本色!

"我也是职校出生,只要你们爱岗敬业、顽强拼搏,追求卓越、精益求精,脚踏实地、专心工作,就一定能实现自己的价

工匠之歌

值。"2022年6月9日,宁波职业技术学院工商管理学院邀请竺士杰为2022届毕业生党员上离校党课。竺士杰以"变'不可能'为'可能'的工匠精神"为主题,从团队合作、传承技能、不忘初心、牢记嘱托几个方面,讲述了自己成为大国工匠的成长之路。

作为党员,这是荣誉更是责任。那么,曾是浙江省党代表的竺士杰,在工作中发挥了党员的哪些先锋模范作用?他的成长对身边的党员来说,又起到了哪些引领作用呢?

带着这些疑问,我采访了竺士杰所在的北三集司营运操作部党总支书记张艳,她的一句开场白,就把我深深吸引住了。

"我跟竺士杰接触比较多,我觉得他身上有一种气质,那就是肯钻。"在张艳看来,竺士杰朴实低调,有务实进取的工人本色,他通过技术比武脱颖而出,在开好桥吊的同时,总结工作经验,编写出操作法,受邀给集团桥吊司机讲课,听课人数达3000余人次。这些年来,他的操作法从1.0版升级到4.0版,这就是他肯钻的精神气质。

每年的台风季节,碰到急难险重任务,都是竺士杰带头冲锋在前抢险作业,他的技术让人放心。在"地中海克里斯蒂娜"船抢险中,公司首先就派竺士杰去抢吊船上的集装箱,他的作业水平一流。当时,有的集装箱被死死地卡在了固定槽内,有的集装箱进水后重量无法估计,他跟同事一起用了几天几夜才抢吊完成。

张艳提到,央视《挑战不可能》节目中的挑战,只有竺士杰能尝试。他既能完成各项挑战,又能冲在前面干在前面。

正是竺士杰这种技能优秀又冲锋在前的典型,对其他党员来说,既起到了激励作用,也起到了很好的模范带头作用。在班组,青年员工都叫他竺师傅,对他充满了敬重和景仰,大家觉得,从他身上看到了未来和希望,认为自己只要立足岗位,努力拼搏,就能成长成才。

对于如何才能成为大国工匠这个话题,张艳递给我一篇竺士杰在首届大国工匠论坛上的发言稿。在发言中,竺士杰以自己这些年来从一名普通桥吊操作司机成长为大国工匠的经历,与大家分享了对"劳动创造幸福,技能成就梦想"的切身感受。

首先,他觉得,我们是这个伟大时代的幸运者。习近平总书记致世界职业技术教育发展大会的贺信,深刻阐述了职业教育对促进经济发展和民生改善的重要作用。作为一名职校毕业生,竺士杰深有感触。至今,他还清楚记得技工学校语文老师的一句话:"栋梁"有"栋梁"的用途,"烧火棍"有"烧火棍"的用途,只要为社会做了贡献,都是人才!他想说:"一根好使的'烧火棍',也可以成长为充满匠心的'栋梁'。"

几年间,竺士杰被宁波舟山港集团聘任为首席技师,享受到了每月六千元的技能津贴;当选为浙江省总工会副主席;成为浙江省首批、宁波舟山港集团首位成功转评高级工程师的高

工匠之歌

技能人才。他想，待遇提高、身份转变、职称晋升，得益于党和国家对技能人才队伍的重视和培养，折射出新时代产业工人队伍建设改革工作的熠熠光辉，这让大家有了努力的方向和前进的目标。

其次，他提出，我们要争做"三种精神"的实践者。竺士杰是土生土长的宁波人，小时候，他的梦想是成为驾驶大吊车的"了不起的人"。成为吊机司机后，他离最初的梦想越来越近。通过刻苦钻研和团队通力合作，他撰写了自己独创的桥吊操作法。

如今，操作法已经升级到4.0版本，还入选"大国工匠工作法"系列丛书，并以《竺士杰工作法：桥吊操作基本方法与实际应用》之名正式出版。一名普通的产业工人可以著书立说，这是一线产业工人对劳模精神、劳动精神、工匠精神的一次生动诠释，他们在建设"制造强国"的征程中奉献着自己的智慧和力量，以技能报效祖国，用奋斗成就未来！

最后，他呼吁，我们要争当劳模工匠精神的传承者。2020年3月29日，习近平总书记考察宁波舟山港穿山港区与职工亲切交流时，嘱咐竺士杰"发挥好劳模作用，带出更多的劳模"，让他对工匠精神有了更加深刻的认识。随着浙江海港工匠学校的成立，他成为第一期工匠特训营的班长，同时担任工匠成长营的导师。

"我以为,是不断突破自己的勇气、心无旁骛钻研的决心,和一次次迎难而上的坚持,成就了今天的竺士杰。"采访结束时,张艳认真地说。劳动创造幸福,技能成就梦想,诚哉斯言,大国工匠竺士杰已经化身为一种精神符号,告诉我们行行出状元的道理,激励更多的劳动者迈上技能成才、技能报国之路。

二、工匠之路

这里是宁波

多年来，竺士杰扎根码头生产一线，从一名普通桥吊司机成长为工匠精神的坚实践行者，先后获得大国工匠、全国劳动模范、全国道德模范等荣誉。一个人的成长，需要父母言传身教的引导和师长诲人不倦的引领，那么幼年竺士杰是什么样的？家庭和学校究竟给了他哪些精神滋养？这些疑问，一直在我心头萦绕。

带着这些问题，2023年春节前夕，我前往竺士杰的家，采访了他的家人。

"从小我就认为，当技术工人很厉害！"一见面，竺士杰就笑着对我说。喜欢技术，这也许是他的本能和天赋。

在竺士杰母亲的叙述中，一帧帧关于竺士杰的童年的画面，在我的眼前一一展现。

1980年，竺士杰出生在宁波江北区玛瑙路67弄11号，这

工匠之歌

里离轮船码头不足 200 米。

"呜……呜……"从小就在港口边长大的竺士杰,在熹微的晨曦中,躺在床上就能听到航船的汽笛声,站在空旷的地方还可以看见航船的桅杆移动。可以说,他是听着甬江上阵阵汽笛声长大的。

父亲常年在宁波的建筑公司上班,家里常常是母亲看管他。"男孩子要勤劳,诚实做人很重要!"母亲的教导,就像家训一样,在他的心里留下了烙印。平时,晚上不出门,放学立即回家,母亲立下的这些规矩,他都严格地遵守着。

可毕竟年幼,孩子的天性就是爱玩。有一次,他偷偷出门去问同学功课,在路上,看别人玩游戏玩得起劲,他就站在一旁看了一会儿。这事被母亲知道后,他被狠狠地揍了一顿,从这往后,他再也不敢去这些地方玩了。

小时候的竺士杰,给大家的印象,一是孝顺,二是乐于助人。看到家里没水了,他就赶紧去井边打水上来,用稚嫩的双手,小半桶小半桶地来回跑几十趟,先把奶奶用的一缸水灌满,还去帮附近的孤寡老人提水。邻居们见到他,都笑着摸摸他的头,"这孩子善良实诚,好样的!"

打小他就有个习惯,想要学会什么东西,就一门心思投入进去,不吃饭也要学好。说来也是奇怪,他的身体非常协调,学骑自行车,一坐上去,三下两下,他就会骑了。他似乎对操作使用机械设备之类的有天赋,常常一点即通。

说起来,这或许跟他的父亲是一名高级电工有关。父亲只要在家,就喜欢摆弄电焊枪、电路板、电阻之类的工具,竺士杰就在一旁好奇地看着。那时,家里的收音机、电视机、有源音箱喇叭等很多家电器件,父亲都能自己组装起来,这让竺士杰非常佩服。

父亲的这种动手能力,深深地影响着竺士杰。他从小就喜欢小汽车模型。5岁那年,父亲买了一整套汽车模型玩具,有小轿车、吉普车、公交车等,在这堆车子里,竺士杰最喜欢的是一辆红色的大卡车,因为大卡车可以装很多"货物":弹珠球、沙子、小泥人……每天,他都会把这些玩具装上这辆大卡车,推来推去"运货"。他不知道这算不算是他最初的梦想,那时的想法特别简单:等我长大了,我要做一名大卡车司机,载着货物满世界地跑。

或许,正是这些单纯的对各类机械的好奇,引导他踏上对机械和技术的学习之路。那时,住同一院子的叔叔、伯伯,经常斜挎着电工包上下班,他还经常见到他们掏出工具帮邻居修理家电。久而久之,他就觉得能使用钳子、锤子、镊子这些工具的人是多么了不起啊,做一名技术工人的梦想在他心里萌芽了。

一转眼就到了上学的年纪。这个时候的竺士杰,是一个太过普通的小孩,多数时候活在"别人家的孩子"的阴影下。"别

工匠之歌

人家的孩子学习成绩多好,别人家的孩子奥数得奖了,别人家的孩子上了重点中学……"而他,一直为考试成绩不拖班级平均分而努力着,挨骂受教也是常有的事。

对于学习成绩不好这一点,竺士杰真是拿自己一点办法都没有。他的记忆力不好,背诵课文特别费劲,他想过很多方法,比如写在纸条上默记、每晚临睡前通读……但是,不管多么努力,他都背不出来。语文、英语对他来说,就像"灾难"一样,不管多用心,他都学不好。他学得最好的是地理,对着一张地图,他能把一个地区的地形、地貌、气候特点等各种情况,讲得清清楚楚。

后来才知道,记忆力不好这问题,可能跟他的身体状况有关。他睡觉会打呼噜,且经常感冒、发烧、嗓子疼,去医院检查,医生说是腺样体肥大,导致睡觉时气道被堵住,发生了缺氧的情况。而小孩子一旦缺氧,就会影响身体机能的正常发育。所以,从一定程度上看,这影响了他的记忆力。

不过,在学校里,他还是有一门学科值得骄傲的,那就是体育。从小学到初中毕业,他一直是校田径队的主力队员。别看他块头大,一般的技巧性运动,他一学就会。

不仅身体的协调性比较好,他对技巧的领悟力也比较强。体育课上,老师说一遍动作要领,他立马就明白了。比如投掷项目,像投掷铁饼,要旋转投掷,把力从腿部带到肩部,一气呵成,他很快能领会技术精髓;像投掷铅球,要手上不受力,而是顺势把球推出去,哪怕是手指指尖没有用对力,或者腰跟髋部协调得不好,都会影响成绩。而他都能一一领会。

竺士杰上初中时,有两件事情让人印象很深。有一次,在参加宁波市江北区学生运动会时,他的脚扭伤红肿了,母亲心疼他,让他在家休息。可他一心想着要为学校争光,就去医务室简单包扎了一下,仍然坚持参加铅球比赛,并拿回了第一名的好成绩。还有,他在学校里碰到腿伤等需要帮助的同学,二话不说,毫不犹豫地帮忙。他旋风一样的身影,常常如定海神针一样,让人心里踏实。

初中毕业时,他面临人生路上的第一次选择——上高中还是读技校?这里有两个人生命题,上高中说不定能考上好大学;而读技校能发挥自己的特长,做自己喜欢做的事情。他想想上高中要背英语、写作文,天天都有做不完的练习卷子,这对他来说,简直就是噩梦!这样的学习状态,考上好大学的希望太渺茫了!

于是,他与家里人商量后,决定上技校。学习技能对他来说,应该会是更好的选择。因为兴趣是最好的老师,他喜欢技术活,自然会花时间精力去琢磨。

那时候,宁波的部分技校跟一些企业有合作关系,选择考哪个技校,既是选择学习哪种专业技能,也是选择自己未来的工作单位。当时,电力企业和港口企业是宁波最好的几家企业之一。"小时候在港口边长大,去港口工作是梦想!"带着这个梦想,初中毕业时,竺士杰选择了考取宁波港技工学校,学习港机驾驶专业。

这个最初的选择,让他朝着技术工人的人生方向迈出了第一步。

"古之学者必有师。师者,所以传道受业解惑也。"老师是我们人生中的灯塔,教会了我们学术上的知识,教会了我们做人的道理,让我们在纷繁的世界坚守自己的本分,找到自己的人生目标。

宁波港技工学校,是1996年创立的技能教育培训基地,开设有机电、模具、汽修等教学专业,是一所理论教学与实践应用结合紧凑、校企联动紧密的创新型技工学校。当时,只要该校毕业学生的成绩优异,就可以直接被宁波港集团公司招录。

就竺士杰在宁波港技工学校的学习情况,我采访到了两位董老师,一位是他的班主任老师董珍群,一位是教机械基础课的专业老师董金才。

刚进技校时,竺士杰才15岁,小伙子从小体育好,喜爱运动,身材高大,稍稍有点胖,一笑起来,眉眼中透着憨厚和羞涩。

二、工匠之路

一踏进校门,他与同学们一样,眼神中充满了求知的渴望,他们这群十五六岁的学生,可正是长身体、学知识的好年华啊!

第一次班会课上,竺士杰知道了自己在班上的排名,这着实让他有点意外。他们这批学生是从宁波市区、北仑、镇海等地选拔进来的,在班级的27名男生中,他排第24名。这个排名几乎垫底了,他万万没想到,心里一时有些失落。

好在随后的一次语文课上,竺士杰找到了学习的信心和勇气。

他们的语文老师黑黑瘦瘦、个子不高,看上去快60岁了,说起话来慢条斯理的,似乎是深思熟虑后的讲述,也似乎是为了让学生们有时间思考。

这语文老师在一番自我介绍后,开始询问大家:"你们到这个学校来是为了什么呢?"

有的同学回答是为了学技术,有的同学回答是为了找到好工作。老师笑着对大家说,这些想法都没错,不管是学技术还是找工作,都是在为推动社会进步奉献自己的力量。末了,他语重心长地跟大家说:"人在社会上分'栋梁'跟'烧火棍',那些上重点高中,今后考上名牌大学的是'栋梁';你们考上技校的,就算是'烧火棍'吧。但是,大家不要妄自菲薄,'栋梁'有'栋梁'的用途,'烧火棍'有'烧火棍'的用途,只要为社会做了贡献,就都是人才!"

听到"烧火棍"这个说法,竺士杰的心里猛地一颤,脑海中闪现出烧火棍的模样。一米来长,细细长长,可以说发挥的作用不大,根本就不能与栋梁相提并论,但它又不可或缺,有了它,才能添柴助力烧火旺。

想到这里,他瞬间有了醍醐灌顶的感觉,原本惆怅的心情豁然开朗。是啊,别看自己现在的成绩排在后面,做不了"栋梁",但是只要努力加油学好技能,照样可以做一个好使的"烧火棍"!

就是从那时开始,他一下子觉得自己被点亮了,人生路有了目标方向。想到自己只要学好港机驾驶,做自己喜欢的事情,就能有机会当一个优秀的技术工人,一样可以成为对社会有用的人,他的心里别提有多高兴了。

接下来是专业课的学习。教授机械基础的董金才老师,讲课时采用理论与现场演示相结合的方式,把原本枯燥乏味的机械课程,讲得生动形象,这极大地引起了竺士杰的学习兴趣。

"零件是不可拆分的单个制件,制造过程一般不需要装配工序。构件可以是一个零件,也可以是由一个以上的零件刚性连接组成。"董老师一边讲解,一边举曲轴的实例进行演示。

"董老师,是不是可以这样理解,零件是制造的单元,而构件是机器中运动的单元?"下课后,其他同学都去操场打球了,只有竺士杰还在董老师的办公室待着,不停地追问课堂上的疑问。

"我们来看,齿轮用键与轴连接在一起,齿轮、键、轴成为一个运动的整体,那么,这三个零件就组成了一个构件。"看到竺士杰这么好学,董老师也不厌其烦地为其讲解。

当董老师带着大家去现场参观门座式起重机,学习三视图的画法,同学们围着起重机好奇地看看、摸摸,沉浸在新奇之中时,竺士杰却二话不说地钻进了驾驶室,拿着图纸仔细地对照起重机的结构,还不停地询问相关功能,迫切地想了解起重机的工作原理。

"大车和小车负责起重物体的运输,提升机构负责起重物体的升降。大家听明白没有,有哪位同学想来试着学开一下吊机吗?"随着董老师的提问,竺士杰举手站了出来,他在老师的示意下,规范地操作了起来。那感觉,仿佛他就是为学习技术而生,他跟这吊机仿佛多年不见的老朋友一样,配合起来轻松自如,真是有一见如故的感觉。

正是对"机械基础""构造原理"这些专业课程的学习,给竺士杰打下了良好的理论学习基础,他对常见构件和机械零件有了深刻认识,对技术这块是越钻越有劲。他切身感受到港机驾驶专业有技术、有学头,更加热爱这个专业。

在董老师看来,对于港口机械,竺士杰总是喜欢琢磨个透,跟机械相关的东西,他也很有兴趣琢磨,尤其是港机驾驶操作,他学得非常快。竺士杰留给董老师的印象就是,喜欢钻研,热爱学习。

如果说,是董金才老师引导竺士杰走上热爱机械、热爱技术的道路,那么班主任董珍群老师,则培养和锻炼了竺士杰在专业课程外的能力。比如安排他参加文艺活动,演小品;比如发挥他的体育特长,替班级争得荣誉。

说起来,竺士杰第一次上台表演小品,还是缘于他当时长得胖,显得有特点。董老师认为,他跟同学吴俊杰搭档,他们在体形上一大一小的反差,很容易逗乐大家。

最初,竺士杰觉得自己从来没演过小品,怕把事情搞砸,不想参加。"我们都不是天生就会做什么的,我觉得你行,你就大胆尝试,不要给自己的人生设限!"董老师的这句话,给了竺士杰莫大的鼓舞,也激发了他把事情做好的决心。

从这以后,他拿出了跟自己死磕到底的劲儿,每天下课后就叫上排练的小伙伴,在一个小房间里练习。一句台词、一个动作、一次走位……他们一次次地抠细节,终于在汇报演出时取得了第一名的好成绩。

经过这次汇报演出,董老师发现竺士杰对自己负责的事情很上心,一旦接到任务,就投入其中。文艺活动、体育比赛,交给他的事情,他都会做好,所以,老师对他很放心。

在班会课上,董老师常常教导大家:成功都是勤奋努力换来的,那些学习成绩好的同学,他们付出的努力要比别人多得多!董老师的这些话如春夜喜雨,润泽了竺士杰的心灵。从那往后,教室里经常会有竺士杰埋头学习的身影,操场上也常常见到他在挥汗如雨地练习。

时光不负追梦人。经过早晚练习,竺士杰在宁波市职业技术学校铅球、铁饼选拔比赛中,获得第一名的成绩,代表宁波市参加了浙江省的职业技术学校学生运动会,并获得较好名次。等到毕业时,他的学习成绩跃居班级前13名,被宁波港集团公司第一批招录。

常言道,学无止境。对于自己的成长蜕变,竺士杰还由衷地感谢宁波开放大学。这所原名宁波广播电视大学的新型高等学校,办学四十多年来,先后开设十大门类四十余个专业,非学历培训近五年服务一百多万人次,为宁波经济社会发展输送了大批应用型人才。

2010年,已经以自己名字命名了桥吊操作法的竺士杰,感觉到自己在管理方面急需充电,于是报考了宁波开放大学的行政管理专业。管理具有两重性、组织文化在管理中具有重要功能、管理者要有成功的激励管理技巧……在知识的海洋中遨游,他觉得浑身是劲,不仅自己的知识面拓宽了,而且能学以致用,这些知识在管理班组方面派上了用场。

在"竺士杰桥吊操作法"不断更新迭代的过程中,为了让操作法更加精进，2018年竺士杰又报考了宁波开放大学的机械设计制造及其自动化专业。他认为，学习使人进步，这是亘古不变的真理。

这个专业，竺士杰主要学习材料力学、机械设计等基础知识。就机械设备如何通过电力设施实现自动化这个课程，他学得非常认真。他联想到工作中，将桥吊操作跟远程控制结合在一起，是未来的发展趋势，更是一个宏大的课题。于是学习过程中，他一边钻研课本知识，一边制作桥吊模型，在工作室研究桥吊远程控制系统，遇到不懂的地方，就把问题带到课堂上请教老师。

因为乐于学习、勤于钻研，求学期间，竺士杰获评宁波开放大学优秀毕业生和杰出校友，并经学校推荐，获评由中国成人教育协会组织的全国"百姓学习之星"。2017年，他被聘为学校思政课的客座教授。同年，又被聘为国家开放大学宁波辅警学院的思政导师。竺士杰觉得，宁波开放大学的学习平台帮他完成了人生之路上的华丽蝶变。

"我们日常的作业，就是从码头上把集装箱吊运到船上，需要非常平稳，对桥吊操作技术的要求是精益求精。"2022年8月22日，大国工匠竺士杰亮相湖南卫视的《匠心闪耀》节目。

二、工匠之路

在节目的最后,他在宁波港技工学校的室友出现在采访现场,同学情、兄弟情、师徒情融在一起,现场洋溢着激情昂扬的气息。

那情景,让我心生感慨,虽然时光可以带走灼灼韶华,却带不走深厚的同窗情谊。于是,我跟竺士杰提出,想要采访他的室友,了解他们学习时的一些情况。他笑着告诉我:"我们这个宿舍,已经走出了三个集团公司的劳动模范,你说厉不厉害?"

竺士杰宿舍走出的这三个劳模,除了他自己,另外两个分别是朱甬翔和吴俊杰。

"我是在生产核心系统获的奖。大家都想努力做好本职工作。做一行爱一行,找到自己适合的,并努力做下去,就一定能有所收获!"现在的朱甬翔,已经是宁波舟山港集团智港通公司的副总经理。回忆起在宁波港技工学校的日子,他对竺士杰印象比较深的有这几方面。

一是能吃苦。记得打篮球的时候,为了提高投篮水平,每天晚自习结束,天已经很黑了,操场的灯光也不是很亮,竺士杰还在操场练手感、练盲投。每次看到他大汗淋漓地回到宿舍,室友都劝他不要这么拼,他总是乐呵呵地说:"笨鸟就要多飞,才能飞得更高!"

二是会琢磨。在学习钳工技术时,老师要求大家上交的作业是自己打磨的一个榔头,有的同学锉刀用力不均,做出来的榔头不符合标准,就有些泄气想打退堂鼓。竺士杰肯花功夫,在那里专心致志地精雕细琢,不达到老师的要求决不罢休。课间休息时,同学们在那打闹,他还不忘琢磨锉刀的正确使用方法,"前推锉刀的前刀面在工件上时,左手稍用力,右手保持平衡;到后段,则右手用力,同时左手保持平衡。"他一边思考,一边挨个去给同学们演示锉刀的操作要领。

三是懂文艺。说起来,学习技术是枯燥的,但他们的学习生活并不乏味。竺士杰一直都很喜欢音乐,经常在宿舍里捣鼓收音机,他们每晚都能在音乐声中进入梦乡。平时,班级里表演小品节目时,班主任定好题材,让竺士杰他们几个同学上台表演。记得一次他演一个到饭馆吃饭被骗的人,戴着一个锅盖出场,把大家逗得乐不可支。还有一次演一个乞丐,他穿得破破烂烂地上场,看到他那副窘迫的模样,大家忍不住给他丢硬币捧场。

"在宿舍的时候,他自己做音响,已经有了创新意识。那个时候,我们宿舍经常放张学友的歌曲。托竺士杰的福,宿舍有了有源音箱、播放器,这在当时已经是非常奢侈的精神享受啦!"朱甬翔笑着说。

另一位劳模室友吴俊杰,现在在集团工会工作。

"竺士杰喜欢一样东西,就会下功夫琢磨透。上钳工课的时候,我们半天没做出成品,他早早地做出来了,还在那里认真琢磨如何改良。"吴俊杰说,竺士杰在学校时还很较真,课余时间大家在聊明星八卦,他却围着零部件转,还不停地跑去老师那里问问题。那个时候就感觉,他身上有一种碰到问题就要研究透彻的气质,喜欢打破砂锅问到底。

"工作后,竺士杰的这种状态没有变。刚开始开龙门吊,后来开桥吊,他是姜太公钓鱼,习惯慢慢来。那个时候,他就在思考和研究如何提高操作水平。有些人回家就不会想工作上的事情了,竺士杰不一样,他不仅思考,还用笔记下自己的所思所想。比如,如何提高桥吊技术,如何规范高效操作,如何降低设备故障率,如何降低司机工作疲劳度,等等。正是这样的日思夜想,才有了'竺士杰桥吊操作法'的出现。"在吴俊杰看来,这操作法不是一朝一夕完成的,根源在于竺士杰爱琢磨、懂创新。

"时代在发展变化,如何跟上时代的发展步伐,这是竺士杰在继续琢磨的事情。"吴俊杰表示,竺士杰眼下正跟朱甬翔结对,用各自的经验、技术,研究4.0版桥吊远控操作法。这样,以后司机就不用上吊车去起吊货物,可以在操作室的操控台进行远程控制,这对工人的素质要求比较高,要求大家向知识型工人转变。

"研究用机器取代人,这是一个长远的过程,目前只有部分领域能够实现。我希望我的老同学不断推陈出新,他是我们产业工人的榜样,也是一面旗帜。"吴俊杰由衷地说。

还有一位室友是睡在竺士杰上铺的兄弟,他的同桌贺世挺,如今是宁波舟山港港务安全管理职员。

说起来,这位同桌跟竺士杰还真是有缘,他俩称得上是教学相长。在学校时,贺世挺教竺士杰打篮球,经过几天勤学苦练,竺士杰就学会了三步上篮技术;在班组时,竺士杰是贺世挺的桥吊师父,所谓名师出高徒,此言不假!在2006年的宁波市桥吊技术比武中,竺士杰获得第一名,贺世挺仅次于师父,拿到了第二名的好成绩。

"师父的操作手法稳,对船面的冲击力小,起吊的精准度也就高了。"贺世挺表示,竺士杰的操作法讲求稳、准、快,这跟以前其他师父教的不一样,他更讲究操作的精度。正是因为技术上的精细,使得他俩在技术比武中遥遥领先。

关于学徒生活,这里还有一个小故事。刚开始学开桥吊,因为贺世挺在别的师父那里学过,身上带着一些老习惯,一些操作动作存在安全隐患。竺士杰看到后,有些担心,决定对他展开针对性的强化训练。

"把手移到挡位下部,用虎口卡着,这样能更精确地操作。找到精准挡位的感觉后,再把手掌移动到挡位杆的顶部,像手掌心握了个鸡蛋一样,手掌轻搭在挡位侧面顶部位置,做到轻盈、精确、稳定地控制操作手柄。

"相信自己,战胜自己,你一定能行的!"

为了严格指导,身高一米八的竺士杰,缩着身子蹲在驾驶台右侧的狭小空间里,他的右手一直搭在"紧停"按钮上,随时应对可能出现的紧急情况。同时,他还不忘鼓励贺世挺,相信努力坚持就有收获。

就这样,师徒俩一个坐着一个蹲着,眼睛聚焦在驾驶室下的集装箱上。每天八小时,接连三天,竺士杰就这样提醒着,边看贺世挺操作边纠正。直到三天后的黄昏,竺士杰的腿和手都已经麻了,贺世挺终于彻底纠正了不良习惯动作。

"相信我们在平凡的岗位上,也能像师父一样,干出不平凡的业绩。后来,很多抢船期吊运的活,我们都踊跃报名,积极要求加班作业。"贺世挺说,抢船期吊货对他们来说是一种技术检验,也是一种荣誉。有一次,师父带了两个徒弟抢船期吊货,他们想轮换上吊车干活,师父却坚持自己一人干完。

"师父的精神,激励着我们爱学习、勤思考、勇创新、乐奉献。"贺世挺的一席话,道出了大家的心声。

当好"烧火棍"

1998年7月,竺士杰被宁波港北仑国际集装箱码头有限公司第一批招录。那个时候的宁波港,集装箱吞吐量还比较小,亟须招纳各类人才搞建设,于是,根据公司的用工需求,竺士杰被分配到龙门吊班,学习驾驶龙门吊。也就是从那个时候开始,他见证和亲历了宁波港的发展壮大。

"当好用的'烧火棍',要踏实学好技术。"这是竺士杰常说的一句话。技术是他的立身之本。那么,学习驾驶龙门吊,他的技术是如何练就的?在师父眼中,他又是怎样一个徒弟?带着这些疑问,我前往北仑国际集装箱码头有限公司,采访竺士杰的龙门吊师父邱容海。

"作为宁波舟山港第一家专业集装箱码头有限公司,宁波北仑第一集装箱码头有限公司(简称北一集司)秉持创业、创新、创先的北极星精神,不断书写着老码头的精彩篇章。1989

年开始建港,1991年投产,公司开启了宁波舟山港的集装箱码头梦。"陪同我采访的北一集司党群工作部的卢小洲介绍说,乘着改革开放的春风,公司年集装箱吞吐量已从1992年的3万标准箱提升至2020年的340.4万标准箱。

码头堆场那高高耸立着的集装箱,犹如一座座五彩的城市建筑出现在我们眼前。我知道,这里是一代港口人集装箱梦开始的地方。"我们要感谢这个时代,宁波舟山港的大发展,带动了我们产业工人的进步和成长。"跟邱容海的交流,就从竺士杰刚参加工作时开始。

"我是竺士杰的第一个师父,他对我非常尊敬。刚来的时候,他的话不多,比较腼腆,对大型机械适应很快。"邱容海说,龙门吊是集装箱码头的第二大操作机型,在当时有"龙少爷,桥老爷"的说法,指的就是龙门吊在堆场装卸,桥吊在码头装卸。

原来在码头上吊集装箱的吊车有两种。从形状来看,桥吊是架设在厂房里边两端的大梁上行走执行起重工作的,像一座移动的桥一样;龙门吊金属结构像门形框架,承载主梁下安装两条支脚,可以在地面的轨道上行走,主梁两端有外伸悬臂梁。从作用来看,桥吊是装船或卸船的,因为桥吊技能影响产能,也就是通常所说的集装箱吞吐量,所以在大家眼里是"桥老爷";龙门吊设在码头堆场,负责在场地和集卡车之间转移集装箱,堆场的作业环境比码头相对轻松一点,大家称"龙少爷"。

刚开始上班的竺士杰,是非常开心的,因为他没想到,公司会安排他操作这么大型的设备。当时,一同招录进来的同学总共有40人,20多人被分配去开叉车和当修理工了,只有10多人被分配到开龙门吊的岗位,还有几人"运气好"被分配到了开桥吊的岗位——他很羡慕,但他也知道,他的当务之急就是一步步来,先把龙门吊技术学好。

经过一番理论学习,邱容海带着竺士杰第一次上了龙门吊。他们公司的龙门吊,距离地面有20多米的高度,抬头望去,竺士杰感觉,这龙门吊的驾驶室就像一座距地面六七层楼高的孤岛。爬梯子时,他发现所有的直梯和横梯都是开放式的,一低头就能看到地面。等他爬到20多米高往下看时,双腿一时有些发软,只能扶着扶手一步步往前挪。

等到进入驾驶室,看到那一大排叫不出名字的按钮,还有脚底下堆着的5层集装箱和那个一直在晃动的吊具,竺士杰一时有些手足无措。

"不要怕!第一次上来,都是这样的,这是因为你还不会技术。以后慢慢就会习惯的,当你掌握了开龙门吊技术,你就是这一方领地的将军,集装箱都是你手下的兵,任由你排兵布阵!"邱容海看出了他的紧张,跟他轻松地说起了笑话。

"我们开龙门吊的工作,就是在码头集装箱堆场里,用吊具将集装箱吊起,摆放在不同位置,叠放成不同层高,或者在堆场与卡车之间进行集装箱装卸吊装作业。"邱容海告诉他,操作中,需要通过调整吊具的位置和角度,将吊具上的四个锁头对准集装箱上的锁孔,当四个锁头全部对准后,将吊具上的锥形锁头同时插入集装箱锁孔,完成着箱闭锁后,才能将集装箱吊起来。

对刚上龙门吊的竺士杰来说,这些话无疑像天书一样深奥。看着他一脸茫然的样子,邱容海拍了拍他的肩,打趣道:"这工作听起来很复杂,其实就是让你在空中,用龙门吊完成'穿针引线'的细活。"竺士杰听到后,恍然大悟。

就这样,在邱容海的指导下,他有了和吊箱的第一次"亲密接触",整整五分钟,终于吊起第一个箱子。这样接连试了几次,他感觉,这龙门吊就像不听话的孩子,心中想着让它快速"穿针引线",可它就是"调皮",急得人额头冒汗,这如手机大小的锁孔却怎么也对不上。

"慢工出细活,不要急,这不是三两天就能熟练掌握的技能。按照要求,作为学徒,最起码需要6个月时间才能出师,咱们慢慢来好了。"邱容海安慰他。

听到师父的开导,竺士杰的心里稍稍安稳了些。一直就有钻研精神的他,从此扎根在驾驶室内,一待就是一整天,不放过任何练习的机会,遇到问题就向师父请教。

"安全装置失灵不吊,超载不吊,六级以上台风不吊,光线阴暗看不清吊物不吊……"每天一上班,竺士杰习惯翻开笔记本,默记工作中的安全要领。

"龙门吊两个吊钩,不准同时作业,这是为什么呢?"在驾驶室,认真看师父操作的竺士杰,忍不住发问。

"这是为了安全起见。重物在吊运的过程中,会发生晃动,如果双钩同时吊运,重物万一发生碰撞,严重的话会产生事故。"邱容海解释道。

"师父,让我来吧,您帮我看着就行!"竺士杰觉得,光看不练假把式,操作工种最要紧的就是上机练习。

"龙门吊大车和小车,为什么不能一起开?"操作中,竺士杰又在发问。

"最好是先开大车,把大车停稳在固定位置,再去开小车,这样比较稳一点。"邱容海耐心作答。

"竺士杰非常肯学,学操作时问个不停,做个没完,没喊过一声累。"时至今日,邱容海还清楚地记得,开龙门吊最主要的是一边走大车,一边小车过去精准定位。这一点,竺士杰领会得非常快。当时,别的徒弟操作时,邱容海会有些不放心地盯着;而竺士杰操作时,他可以完全放心,因为知道这徒弟做事沉稳踏实,不会出差错。

功夫不负有心人,经过一番勤学苦练,一根好使的"烧火棍"开始练成了。3个月后,竺士杰能自己操作龙门吊进行作业,提前出师了!邱容海吃惊之余,马上让他去别的师傅那里学习。取众家之长,方能成就自己的技术本领。

"竺士杰跟着我学习的一年多时间里,从没出过安全事故。他不光学技术,也学做人,工作中很能吃苦,生活中对人非常真诚。"邱容海说,他跟竺士杰的相处就像亲人一样,遇到事情,竺士杰都会来找他咨询。

比如,竺士杰找对象时来问他的意见,作为师父,他告诉竺士杰,关键要看对方的人品;取得成绩时竺士杰来报喜,他也非常心疼竺士杰荣耀背后付出的艰辛的努力,告诉他谦虚使人进步。

"后来,我带了很多徒弟,每次都会告诉他们,竺士杰是大师兄,要学习大师兄吃苦肯干的精神。"邱容海表示,他为有竺士杰这样的徒弟自豪,竺士杰能够不辞辛苦地干活,又在干活中摸索经验,让自己不断成长,这样的精神值得大家学习。

港口的发展,离不开一代代港口人的辛勤付出。1999年,宁波港集装箱吞吐量达到50万标准箱目标。为此,公司举办庆典,给每一名工人发了一个极具纪念价值的盘子。这一年对大家来说,是一个良好的开端。

工匠之歌

竺士杰家中的书房里，就摆放着1999年公司发的纪念品盘子。"这个纪念品，对我有着特殊的意义，我就是这一年转行开桥吊的。"竺士杰说。

那么，他是怎么走上桥吊岗位的呢？

带着这些问题，我走进了竺士杰的家。我们的话题，从书房的音乐器材聊起。

对竺士杰来说，一上吊车就是一整天，有时忙碌得连上洗手间的时间都没有，有时孤单得连一个说话的人也找不到。这么枯燥的三班倒生活，他觉得唯有音乐是最好的陪伴。

记得有一周他连续上晚班，凌晨，正是倦意袭来之时。他的潜意识告诉自己，不能睡着，哪怕是打一个盹也不可以。这个时候怎么办呢？竺士杰想到了哼唱歌曲。"超越梦想一起飞，你我需要真心面对，让生命回味这一刻，让岁月铭记这一回……"一曲高歌之后，他陡然觉得精神多了。

就这样，音乐走进了他的生活。上班时，每当望一眼远处的大海，他的心里就会流淌《海阔天空》的音乐，人生的道路哪怕会有挫折和迷茫，仍然要勇往直前。而当他顺利地每小时起吊100个集装箱时，他的心里就会响起《高山流水》的音乐，感觉自己跟这龙门吊犹如知音一般熟稔。可以说，是音乐让竺士杰的心情更加舒畅，心胸也更加宽广。

后来，家里的音乐器材多了起来，渐渐地有了一面墙的音箱和播放器。竺士杰说，小时候是母亲喜欢音乐，爱听各种歌曲、戏曲，他从小也跟着听，还能跟着哼唱；工作以后，音乐让他找到了共鸣。他觉得，每当吊具精准地抓起一节集装箱，平稳起吊、缓缓平移、精准落槽，他的心里奏响的就是一首《春日序曲》。

而他喜欢音乐，还有一个原因：摆弄这些音响设备，让他找到了不断挖掘、提升技术的乐趣。他感觉，音响设备的升级空间，比他工作中操作机器的提升空间更大，这使他更有乐趣了。对他这样一个技术工人来说，钻研音响设备的升级，也会有惊喜出现，像改善避震性能、搭配电线等，这都有讲究。哪怕只是把放器材的脚架换了，把音箱的位置移动了，都会带来不同的效果。

比如，音箱后面的一根跳线，是让高音和低音倒通的，他把原来的铜线换成了银线，以为声音会变得更纤细，结果声音竟变得既细腻又厚润，这是个很大的惊喜，让他挺有成就感的。不断升级、不断调试音响设备，在别人看来可能有点折腾，但这个不断摸索的过程，对他来说是一种很大的乐趣。

在舒缓的音乐中，我们的话题聊到了他从开龙门吊的岗位转到开桥吊的岗位的过程。

从龙门吊转到桥吊，这是竺士杰人生中重要的转折点。龙门吊是在堆场作业，桥吊是在码头工作，桥吊工作是一项体力

工匠之歌

劳动，更是一项脑力劳动，要随时关注船舶的状况，还得听指令，听指挥手的安排，也要观察吊箱运船运箱的情况，称得上是眼观六路、耳听八方。

至于为什么会转岗，竺士杰说，在龙门吊岗位工作一年半后，他发现，集装箱在装船过程中，往往是场地内的20多台龙门吊互相协作。这个时候虽然个人的技能非常重要，但更讲究团队协作。而桥吊是集装箱码头公司操作要求最高、最有技术含量的一个操作岗位，特别讲究个人技术。一个优秀的桥吊司机就是船时效率的保证，也是整条作业线上大家计件收入的保障，非常受人尊重，所以他的内心对开桥吊还是非常向往的。

1999年6月，宁波港集装箱装卸业务开始大发展，公司提倡一岗多能，培养年轻操作司机，倡导年轻司机特别是起重类工种的司机，能够多学一门技能。面对倡议，很多人犹豫，因为多学一门技能，意味着一切要从头开始，就连工资也要暂时回到学徒时期。竺士杰没有想那么多，他知道这是自己转开桥吊的最好机会，第一个跑去报了名，而同一批的师兄弟中只有3个人报了名。

休息的时候，一批关系很好的同事都来劝他。他们认为，开龙门吊比较安稳，操作也比较简单，劳动强度相对较低，而且他现在的技术已经很不错了，班组也在考虑让他带徒弟，没有必要再去学开桥吊。大家纷纷劝他，安心操作龙门吊得了，去学开桥吊，一切都要重新再来，还要从师父岗位转到学徒岗位。

这个时候，爱动脑的竺士杰就开始有了忧患意识。他想过，龙门吊驾驶相对简单，今后这项工作很可能会被机器替代。如果他到了30多岁面临下岗怎么办？而桥吊驾驶非常难，技术再发展，可能也离不开人。必须在年轻的时候多掌握一门技能，他在心里对自己说。

为了能够胜任岗位，他还去现场观察过桥吊和龙门吊的差别。同样是起吊集装箱的起重机，桥吊的驾驶室距离地面49米，是龙门吊的一倍多；龙门吊是在堆场里吊，桥吊则要从漂浮在海面上的船舶中吊起晃动着的集装箱，操作环境从静态变为动态，难度大大增加，这需要天分，还有勤奋。

经过一番思考，竺士杰还是决定选择学习驾驶桥吊。他想，自己有跟机器打交道的天分，再加上勤奋，这些就是学好一门技术最重要的因素。

"大家可能不知道，他现在每晚都要戴着呼吸机睡觉。当时写桥吊操作法，连续三个月，每晚写到深夜。他认准一件事情，就要想办法去做好。这些年，他就是这么过来的，我就喜欢他做人比较实在这点。"在我们交流快要结束的时候，竺士杰的爱人杜银泊走了进来。

对于自己戴着呼吸机睡觉这一点，竺士杰不好意思地表示，自己从小腺样体肥大，睡觉时容易出现缺氧的情况，加上每

工匠之歌

次工作累了，回家倒头就睡，根本不知道夜里发生了什么。爱人第一次说他打呼噜的声音很大，他压根就没想到，也不承认。

"那呼噜声犹如火车进站，急一阵缓一阵，有时还要停顿好一会儿，所以我们就让他戴着呼吸机睡觉，他太辛苦了。"杜银泊颇有些心疼地说。在她的眼中，竺士杰是一个有责任心的男人，每次出去培训交流，他都会记得给大家带礼物；在家里，他把老的小的都照顾好了，唯独忘了他自己。

"为这个家，爱人付出了很多，是她的支持，让我可以毫无牵挂地搞创新！"竺士杰笑着说。

"回家回家，沿着来时的路，回家回家，循着亲人的牵挂。"此时，《回家》的音乐悠扬清亮地回旋着，看着他俩笑意盈盈的样子，我也不由得笑了。

"高耸的桥吊，气派的码头，漂洋过海而来的万吨轮，还有那麻溜奔跑在码头与堆场间的集卡，望着眼前这堆放得整整齐齐的集装箱，一切都是那么新鲜，一切都很让人兴奋与好奇。"这是竺士杰第一次跟师父登上桥吊时写下的日记。关于他学习驾驶桥吊的经历，在北一集司，我采访到了他的桥吊师父陈波。

"我最初先教竺士杰熟悉桥吊。当年，码头吊机的牌子特别杂,总共 8 台桥吊,分别来自德国、日本、阿根廷等国,8 台桥吊 8 种性能,操作方法都不一样。"陈波笑着说,比如来自阿根廷的桥吊性能就不是很好,它的吊具是斜的,要依靠惯性摆动,来吊取集装箱,那个时候大家开玩笑说,干这活像打游戏一样,很考验人的灵活性。

在陈波的徐徐诉说中,竺士杰学习驾驶桥吊的经历,在我的眼前逐一浮现。

1999 年 6 月底,转岗后的竺士杰,第一次跟着师父陈波登上桥吊。在漫天雨雾里,仰望有十几层楼那么高的桥吊,他觉得很有一番意境。桥吊比龙门吊高了许多,要乘坐电梯进入驾驶室。

在陈波的带领下,竺士杰乘坐齿条式电梯,一路抖动着慢慢爬升。电梯到了离地面 49 米处停下了,电梯门一开,陈波很轻快地迈开脚步走了出去,竺士杰跟在后面一步一步挪动着,颤颤巍巍地扶着栏杆才能迈步,唯恐脚下踩得不踏实。因为底下铺的网格都是镂空的,感觉就像悬空走路一样。

第一次走进桥吊驾驶室,他有些慌乱,这儿实在太高了!放眼望向码头还没什么,可往下俯视,他感觉自己就像被架在空中一样。驾驶室的地面是玻璃,往下看还真有点犯晕。但既来之则安之,他觉得自己要成为一名合格的桥吊司机,首先必须克服恐高心理。

工匠之歌

于是，他试着由远及近地往下看。他看到远处的龙门吊，就跟玩具车似的，在场地里爬来爬去；而堆场上的集装箱，一层层码得很整齐，就像小朋友搭叠的积木。看到这些熟悉又亲切的场景，他不觉长舒了一口气，心里稍稍安稳了一些，想到诗里说"会当凌绝顶，一览众山小"——果然还是要有一定高度，才能彻悟出这样的道理来呀！

"桥吊是针对轮船来开展作业的，而轮船浮在海面上又是晃动着的，同样起吊集装箱，桥吊的操作环境从静态变为动态，因此与龙门吊相比，桥吊的操作难度和劳动强度高了好多倍。"听到师父的介绍，竺士杰的心里有些担心，跟龙门吊比起来，桥吊操作难度完全超出他的想象，这二者不仅有高度上的差距，有动静态之分，还有操作速度的差异。

"走大车一定不能全速走，起步和停止的速度一定要慢，中间的过程可以快，快的同时一定要关注吊具的走向。"师父向竺士杰介绍了操作要领和操作安全注意事项后，就让他试着去吊箱子。

他坐在驾驶室里，握着操作手柄，身体弯腰下匐，感觉脸都快贴到下视玻璃上了，恨不得能离被抓取的集装箱更近一些。这样使出全身的劲来，操作了10多分钟，底下晃动的吊具就是不听他的指挥，一个劲地摇晃。不管他怎么努力，还是没能成功吊到箱子。他只觉得浑身冒汗，全身酸痛，可也无济于事。

最后,还是师父出手吊起了那个箱子,竺士杰的第一次桥吊操作就这样以失败告终。

第一次尝试让人有些气馁。师父拍拍竺士杰的肩,笑着说:"你先在一旁看我操作吧。我们这工种就是讲一个熟能生巧。我们既然选择了干这一行,就要努力做得更好。我们的诀窍就是勤学苦练,没有捷径可走。"

听到师父这么说,竺士杰若有所思地点了点头。当看到师父流畅地操作,行云流水般地将吊具甩出一个抛物线抓取船上的集装箱,一两分钟就可以完成一个集装箱的吊运时,他想,师父能操作得这么流畅,自己没理由学不会。虽然第一次没能吊起箱子有挫折感,但他在感到压力的同时在心里给自己鼓劲,只要跟着师父好好学,师父能做到的,自己也一定能做到。

为了让竺士杰更快地学会驾驶桥吊,陈波告诉了他一些学习方法。比如,掌握吊运的作业环境很要紧,陈波开桥吊的时候,就让他去船舱看着,这样他可以看到师父是怎么吊起集装箱的。再比如,白天他跟师父学,中班有其他师傅操作的时候,陈波就让他跟着他们学习,多学多悟,采众家之长。"年轻人肯钻研肯学,学了一定有成果。"陈波告诉他。

当时的桥吊班,有个很有意思的传统,优秀的、有绝活的司机,都有一个响亮的绰号,比如"大侠""半仙"。当然,也有一些操作不太好的司机,他们的绰号就叫"姜太公",这是形容他们吊得慢。知道这些绰号的来历后,竺士杰就专门找"大侠""半仙"级别的师傅学习操作,把好的操作方法一一记下来。跟完一个师傅,他再跟另外一个师傅,从好的师傅那里学技巧,让自己迅速成长。

一旦有空,他还会去被称为"姜太公"的桥吊师傅那里看看,想弄明白他们为什么吊得不快。找到了他们存在的问题,可以避免自己在操作过程中犯同样的错误。

经过3个月的勤学苦练,竺士杰考取了桥吊操作证。他是同一批去学习驾驶桥吊的学徒中,第一个取得操作证的。不过,由于桥吊操作难度太大,应对的船型复杂,他还是由师父带着,师徒搭班一起干活。这时候上面安排的都是作业量较小、操作难度不大的船舶作业。

在搭班干活的日子里,竺士杰踏实做事、真诚做人的性格,得到了大家的一致好评。不管是谁临时有事,让帮忙干活,他都二话不说地应承;平时8个小时的工作,搭班的桥吊司机一般每人干4小时,可他不一样,总说自己不累,一人坚持干满8小时。

"在我的印象中,竺士杰这孩子不怎么会说,很老实很憨厚。但他对我很尊敬,肯学习。这学技术是一方面,学做人是长久的。现在逢年过节,他都会打来问候电话,所谓一日为师终身为父吧!"陈波说,艰苦的环境让人成长,竺士杰当时在这些杂七杂八的桥吊中,摸索成长很快,他为自己培养了这么一个优秀的徒弟而骄傲!

"后来,公司组建达飞突击队,完成桥吊抢险任务,我们都报了名。正是在这些一线抢险任务中,我们加班加点作业,无怨无悔付出,见证了团结一心的力量,对公司更加赤诚热爱。"陈波表示,竺士杰出名后,他经常作为其师父受邀去大学讲竺士杰开桥吊的故事。在他看来,这就是榜样的力量。

把活儿干好

迟日江山丽,春风花草香。在 2023 年的春天,我跟着竺士杰一起到了他的工作场所,想弄明白他当初是怎么在桥吊岗位上进行技术创新的。

一路走向他工作的桥吊,竺士杰颇有感触地说,亲眼看着码头一点点建起来,港口一步步大起来,他的心中满是骄傲。"刚建起来时,码头只有两三台桥吊车,我们每个司机一天吊 150 到 200 个集装箱;现在吊车已经增加到 49 台,司机每天平均能吊 600 箱以上。"

他的话引起了我的好奇,作为一个在高空俯瞰码头的桥吊司机,他眼中的轮船、桥吊,发生了怎样的变化?这些年,宁波港口的发展,在他的眼中又是怎样的呢?

说起这些年码头的变化,竺士杰如数家珍。2002 年 11 月,码头进来一条载有游艇的船,目测有 300 米长,能装 4000

多个集装箱。那时大家觉得很新鲜,空了跑去拍了很多照片。当时的码头还很破旧,桥吊是进口的,有8台,最大的起重量为40吨,只能一个一个地起吊集装箱。那个时候,一般一周来一条船,最大的船能装4000多个集装箱,其他的船能装几百或者几十个集装箱。

到了2005年,宁波港开始有远洋货轮进出,码头上也有了国产的振华桥吊。这个时候,一周会来几条船,基本都是装着4000—6000个集装箱的船。这一年,宁波港集装箱吞吐量首次突破500万标箱,居大陆港口第四位,并进入世界港口前二十名。这其中,有桥吊司机的共同付出。国产桥吊的出现,让竺士杰看到了祖国的强大。

伴着竺士杰的讲述,我们不一会儿就走到了他工作的桥吊下面。望着他朝夕相处的老伙计,他告诉我,2006年,就在宁波–舟山港完成第700万个标箱,习书记来参加盛典时,他们的码头已经有了十几台桥吊,最高的有45米,码头停泊的船也是以承载6000—8000个集装箱的为主了。

到2015年,宁波港的年集装箱吞吐量完成近2000万标箱时,码头的桥吊基本都是国产的振华桥吊,起升高度有49米,数量也开始多了起来。这时,码头开始有了多个集装箱泊位,进来靠泊的船也多是承载14000—24000标准箱的20万吨级集装箱船。

工匠之歌

说起这些变化时，竺士杰眼里满是自豪。随后，他的话题转到了学习技术上。"以前我们练习抓取集装箱技术时，让司机操作吊具从49米高度全速下降，在规定时间内把电焊条插到地上的啤酒瓶口中。当时很多人都觉得不可能，但我就有这个心气。在有了扎实的基本功基础上，要大胆尝试、勇于创新，解决工作中的难点。"竺士杰觉得，把活儿干好是桥吊司机的基本功，干活干净利索，着箱命中率高，花的时间少，不用集卡车司机多等，人家看你的眼神里都能感受到尊重。

他的话引起了我的共鸣，把活儿干好，这是一个产业工人的毕生追求。立足岗位，开拓创新，这是竺士杰这么多年坚持在做的事。于是伴着凉爽的海风，竺士杰在桥吊岗位一步步成长的经历，与眼前这满载集体回忆的码头，一一地映入了我的脑海。

1999年9月，取得桥吊上岗证后跟着师父陈波操作的日子里，竺士杰渐渐有了一点心得，发现操作桥吊也有很多讲究。当时，他的班长告诉大家自己的心得：想要提高操作技能，一定要选困难的船型作业。班长说，自己就是这么一步步走过来的。那时，小型船舶是大家公认的困难作业船型，于是竺士杰就专门寻找小船进行作业。

刚开始吊运小船上的集装箱时，因为船小又晃动厉害，他一个小时只能吊10多个箱子。随着不断的练习，8个月以后，他已经能够达到一个小时起吊 30 个箱子的水平了。这让他有些欣喜,想想这些日子的埋头练习,没有白费。

那时,他们桥吊班有个"龙虎榜",每个月只有排名前十的人,才有资格上这个榜。渐渐地,竺士杰的名字也有机会出现在"龙虎榜"上,虽然没能超过师父陈波,但他的操作水平在新手中已经是数一数二的了。

随着时间的推移,在桥吊岗位工作两年后,竺士杰的名字常常出现在"龙虎榜"上。别人都以为他越干越得心应手,可他对桥吊操作的疑问却是越来越多。"小车稳关定位,怎么才能一步做到位呢?""靠箱操作时,小车推挡总会缩手缩脚,就怕挡位推过头,吊具晃动控制不住,从而与被靠紧的箱子碰撞,发生安全事故。"

每当遇到这样的操作问题,他的脑海中总会萌生出一个想法:有没有更好的操作方法呢?

集装箱装卸,效率是关键,要做到高效,操作必须"稳、准、快",但速度和稳定往往很难同时实现,这就是他每天在操作中思考的问题。2002 年,已是一名熟练司机的竺士杰发现,老的操作法练到一定程度后,很难有进一步的提高。

他把困惑告诉了师父陈波,想从师父那里找到解决靠箱稳关的方法。"心急吃不了热豆腐,集装箱吊具是起一个穿针引线的作用,为求快,往往失了准头,而命中率下降,直接导致效率下降。"师父告诉他其中的原因，但解决的办法还是没有找到。

有没有一个方法能够兼顾安全与效率呢？竺士杰起了打破砂锅问到底的劲头，可跑遍了整个桥吊班，大家是同一个师父下山，方法都差不多，给他的回答也如出一辙，就是不断加强练习。除此之外，似乎没有更好的办法。

当时，他们操作的桥吊有德国制造、日本制造、阿根廷制造的，设备的性能差别非常大，可谓各有特点。竺士杰始终觉得，不断加强练习，从主观上来说肯定没有错，但这样一味地练操作技能，并不能解决他遇到的问题。操作司机虽然非常熟练地掌握了某一种桥吊的性能，但换到另一种桥吊时，就要调整操作的惯性思维，寻找另外的操作推挡的节奏。这样，比较费时费劲，也不能解决根本问题。

"港口码头上不同国家、不同品牌的桥吊，有着不同的操作方法。开习惯了日本桥吊，突然让我转去开德国桥吊，它这个小车的延时制动、行走距离是不一样的，如果只用一种模式去操作的话，就会遇到很多的问题。"竺士杰在思考。

"必须要解决只依靠加速稳关推挡试探性的操作，来应对所有不同设备性能下的稳关操作。""必须找到一种标准化的操作方法，实现精确稳关定位的操作要求。"想到这些，他豁然开朗，可苦于没有现成的可以参照的方法，他只能靠自己慢慢摸索。

为了改进操作法，竺士杰先在网上查找欧洲通用的桥吊操作标准，又将其与日本的桥吊标准进行了一番对比。他还一口气买了多本力学和港口机械方面的书，学习桥吊的运行原理。下班回到家，即便睡前躺在床上，他都会用手机模拟集装箱钟摆式的运行轨迹。自从改进操作法的想法诞生后，他常常独自在空闲的桥吊上练习挡位控制，想摸索出一套新的操作方法来。几周坚持下来，操作杆上的油漆被磨掉了，他的虎口都磨出了血泡。

即便这样，他也毫不在乎，因为他知道，精益求精、打磨细节，才能成为能工巧匠。

2002年那段时间，竺士杰一直在寻找解决靠箱稳关问题的办法，他常常望着吊具发呆，满脑子都是吊具的抛物线运行轨迹。

白天，他一有空就去向老师傅请教每台桥吊设备的性能，把要注意的地方做好记录；回到家里，就上网查阅技术资料，想要解开心中的疑问。一次吃饭时，他的手机响了，当他随手握着手机上的吊绳，把手机从口袋里拉出来时，他突然发现，手机像钟摆一样晃动了起来。那一瞬间，就像牛顿被苹果砸中了,他的脑海中闪现出一种新的操作方法。

"对,运用钟摆原理,通过控制桥吊驾驶室平台的加、减速,稳定被吊物体!"他顾不上吃饭,赶紧跑进书房仔细观察手机吊绳,又把手机重新从口袋里拉出来,看它的晃动轨迹。对,这就是钟摆原理,可以用到桥吊上!他立即记录下这些设想,然后关上房门,开始认真思索起来。

他想到,桥吊小车推挡稳关,不仅可以使用加速稳关,还可以使用减速稳关。当务之急,是需要做多次试验,找到解决行走不同距离,起吊不同重量、不同箱型种类,且在不同船型结构、不同设备性能及特殊天气下作业时,使用加、减速稳关操作的应对办法。

这一夜,他兴奋得辗转难眠。

第二天上班,他就试着将新方法应用到实际工作中。但是,由于原来只用加速稳关的方法,这老方法已经定型,新的操作法要引入减速稳关的方法,这属于操作上的逆向思维,实际操作起来非常困难。于是,他只能一遍又一遍地尝试。同时,他还发现,桥吊的挡位间隔很小,一不小心3挡没定住,就推成了4挡。而挡位如果选择不对,就有可能会出现多余的或者大幅的超出预期的摆动幅度,造成危险操作。

为了避免出现这样的问题,他就把虎口卡在手柄上精确地推挡,时间一长,虎口的血泡破裂,疼痛难忍,但他咬牙坚持着。

新办法使用初期,车子晃、挡位滑,生产效率一个劲地往下掉,他连续几个月跌出了"龙虎榜"。有好几次,他产生了放弃的念头,但是每当新方法操作成功,看到快速稳关的效果正是自己一直寻求的结果时,他在欣喜的同时告诫自己,只有努力付出才会有收获。

一旦空下来,他就在心里暗暗比较这两种操作方法的差异。原来单一使用加速稳关的方法,推挡不够精确,导致试探性操作比较频繁,从而造成吊机晃动的幅度较大。而新的方法只要把挡位很精确地推到位,然后把行走的距离和速度控制好,稳关定位准确率高,着箱率高,对起吊集装箱的效率有很大的提升。

为了彻底搞明白减速稳关推挡的问题,他特地回到宁波港技工学校,请教当初教授物理的范老师。

"这新的操作方法利用的是钟摆原理,也就是钟摆不管摆动幅度有多大,最终都要回摆经过垂直点的特点。将这运用到稳关操作中,还是要多摸索,确保挡位推到位。"看到昔日的学生这么刻苦钻研生产现场的操作技术,范老师很是惊喜,他赶紧画图进行了论证。临别时,他拍着竺士杰的肩膀说,善于思考的学生将来一定有所作为。

范老师的肯定,给了竺士杰很大的信心。在工作中,他继续坚持新方法和老方法交替着使用,让自己能够对新的方法熟练起来。

记不清做过多少次试验,他在每个环节掐秒表,将操作细化到每个微小动作,就这样不断探索行走不同距离、起吊不同重量和不同箱型种类的方法。经过一年多的摸索总结,2003年,一套稳、准、快的桥吊操作法诞生了:仅需两个步骤就能让秋千般的吊具及货物稳定下来,并精准地落到指定位置,相比老操作法节省了一半以上时间。

原来的老方法,需要四个操作步骤,一小时最快也就吊30多个箱子,而用了新方法之后,一小时轻轻松松就能起吊40多个箱子。并且,他发现使用新方法后,由于操作原因引起的故障基本没有了,干活更轻松也更安全了。就这样,竺士杰的名字又重新回到了"龙虎榜"上,班长指派他去做赶船期的活也越来越多,大家因此送了个"救火队队长"的绰号给他。

随着宁波港集装箱业务的大发展,宁波港吉码头经营有限公司在宁波北仑的穿山半岛上成立。新公司开业,急需一批技术好的熟练操作司机前往支援。就在2004年6月,24岁的竺士杰成为穿山港区第一批被调入的老司机,开始了人生新的挑战。

当时,从北一集司一共调来了5个老司机,大家笑称他们为"五虎将"。当时,他们最重要的工作就是承担新公司的大型船舶装卸任务,还有就是传经授艺带出徒弟。他们5人作为

"年轻的老司机",为新班组带来了以崇尚学技能、练技能,安全操作,高效作业为荣的班组文化。

年轻的竺士杰作为"五虎将"之一,工作时热情高涨,每次都能较好地完成各项急难任务。但这期间,技术过硬的他也遭遇过一次极为艰巨的挑战。

有一次,一艘外籍货轮发生碰撞事故,竺士杰的班组接到紧急任务,必须第一时间将事故船上的货物卸下。到达现场后,他看到很多箱子已经被挤在了舱壁里头,根本就不具备用四根钢丝绳去起吊的条件,只能用一两根钢丝绳去吊装。

如果还是采用传统的桥吊操作法,极易造成箱体剧烈晃动,但只用一两根钢丝绳吊起的集装箱,很可能会掉落,发生危险。考虑到这些,竺士杰对操作方法进行了优化,利用钟摆的运动规律,在钟摆到达顶点后回摆时开始减速,减速速度一旦与吊具回摆速度吻合,在垂直点停止小车运行,就能稳、准、快地吊运集装箱。

就这样,他和班组成员同时作业,经过 20 个小时的高强度连续抢吊,终于如期将破损的集装箱全部安全卸下。正是经过多次这样的抢险劳动,竺士杰的操作技能很快得到新公司领导的认可。

工匠之歌

春风先发苑中梅,樱杏桃梨次第开。站在竺士杰工作的桥吊上往远处看,在深长的海岸线上,靠泊着来自世界各地的超大型集装箱巨轮,它们犹如一座座移动的海上城市,让人目不暇接。满怀感慨间,我把目光投向码头,无人集卡车往返穿梭,桥吊吊运的集装箱在升降腾挪,好一派繁忙的劳动景象。

"记得初来港口时,来往船只以内贸航线为主,而且以散杂货业务居多,偶有集装箱船到访,也多由散货船改装。"竺士杰顺着我的目光望向身后的港口。他表示,集装箱改变了世界贸易的方式,也改变了自己的命运。

时间回溯到2006年。这一年,世界最大的集装箱轮"中远宁波"首航,竺士杰带领队友们用新的操作法,提高了作业效率,他们仅用1小时40分钟,就完成了1031个集装箱的装船作业,装卸效率达到387.43自然箱每小时。

此次出色的接卸,创造了当时宁波-舟山港船时效率的纪录,达到了国际领先水平,也让大家看到了竺士杰与众不同的操作方法。

由于采用了新的桥吊操作方法,竺士杰和徒弟贺世挺在2005年公司技术比武中,包揽了第一、第二名。

于是,2006年9月宁波市开展桥吊技术比武时,公司就选派他俩和另外一个同事去参加。让人倍感惊喜的是,在这次技术比武中,竺士杰和徒弟贺世挺又一次包揽了第一、第二名。

二、工匠之路

得知这一喜讯,时任公司总经理陈国荣认为,多次获得技术比武第一名,说明竺士杰的操作法一定非常有特点。为了让他能发挥更大作用,陈国荣提拔他为桥吊二班的工班长。

担任工班长后,竺士杰的徒弟一下子多了起来,有20多名。手把手教学的效果虽然很好,但是范围小、进度慢。有时候,人一多,事情也多了起来,教到哪里了,他也担心自己会忘记。"我有责任,更快更优地带好整个班组。"于是,竺士杰有了一个新的想法:如果能把新操作法写成文字,把个人技术变成大家的技术,这会是一件多么美好的事啊!

回到家,他还在琢磨。大家都掌握新技术,进而把团队技术推广到全国重要港口,这是个人发展的需要,也是中国社会发展的需要。想到这些,他的眼前出现了全国港口集装箱吊运一片繁忙的景象。

于是,竺士杰拿起了笔,他想把技术要点写下来,让大家抽空先学习基本的理论知识。他是个想到就干的人,每天晚上睡觉前构思,有时夜里忽然想到一节要点,就会一骨碌爬起来,挑灯夜战。为了让更多的桥吊司机能够理解学会新操作法,他将技术动作一个个分解,用笔记录下每个动作的操作要点,在较难理解的部分用图画做出标注,帮助桥吊司机理解。

"做稳钩动作的目的是让桥吊小车平台与吊具的移动速度及移动距离相吻合,从而使桥吊小车平台与吊具钢丝绳的夹角成为垂直角。

"稳钩的关键是精确把握加减挡操作的时机。操作中推挡挡位高、速度快,吊具回摆向垂直点的速度也会很快,回挡减速的时间需要相应地缩短。"

花了3个月时间,竺士杰几乎瘦了一大圈,克服了重重困难,终于手写完成了8000字左右的操作法第一稿。当他把稿子拿给班组同事看时,大家都提议他去申请技术专利。他笑笑表示,这只是自己的一点工作心得,改进操作法可以让大家干活不那么辛苦,少一些腰酸腿疼的毛病,这属于咱们全体工人。同事们知道他的个性,都称他为"有本事的老实人"。

常言道,机遇只给有准备的头脑。关于竺士杰这手写的操作法如何被正式命名的过程,时任港吉公司党委副书记、工会主席王承红对我进行了讲述。

"当时,市总工会、市劳动和社会保障局在公司举办桥吊和龙门吊技术比武,竺士杰、汪增锋分别以自己精湛的技术、独特的操作法,获得这两个项目的冠军。我得知消息后,又进行深入了解,发现两人的操作法都有各自的创新之处,有助于提高码头的整体作业水平和效率,值得在公司推广。"王承红说,她发现竺士杰比赛时速度比别人要快,跟他一交流才知道,他独创了桥吊操作法,原本的操作法至少要四个步骤,他的方法一般只要两步。同时,该操作法在着箱时更加细腻、稳定、准确。

"这个操作法,能够更稳、更准、更快地起吊集装箱。"交流中,竺士杰拿出了已经写好的操作法手稿跟她讲解,这让重技术重人才的王承红非常惊喜。她觉得,这犹如蝴蝶效应,一个既朴实又有创新意识的吊车工,更新的不仅是技术,更会带动大家钻研技术,乃至推动时代的进步发展。

于是,她赶紧向陈国荣总经理做了汇报,并在公司党委会上建议:公司尽快组织桥吊和龙门吊司机中的老师傅,对两人的操作法进行归纳总结提炼,并以工人名字来命名操作法,即桥吊"竺士杰操作法"、龙门吊"汪增锋操作法",以鼓舞职工精益求精钻研技术的士气。

这一建议被公司党委采纳。说来也巧,后来适逢浙江省总工会来宁波召开浙江省操作法推广现场会,陈国荣就跟集团公司工会主席商量,把竺士杰手写的操作法进行修订完善,以他的名字命名,在现场会上进行推广,得到了集团工会主席的认可。

于是,公司专门抽调经验丰富的操作司机及写作人员,将竺士杰手写的操作法,逐字逐句进行推敲、完善。2006年12月,"竺士杰桥吊操作法"编写完成,很快成为公司广泛推广和使用的教材。

"推广应用'竺士杰桥吊操作法'以来,我们码头的集装箱装卸平均作业效率大大提高,7次刷新公司单机效率,平均单机效率已从原先的每小时 31.95 自然箱，达到每小时 34.88 自然箱，跻身世界先进水平行列。"王承红说，在随后召开的全省职工创业创新暨推广以工人名字命名先进操作法现场会上，"竺士杰桥吊操作法"被列为五个先进典型之一。与此同时，他还作为浙江省"百行百星"称号获得者，向全省职工发出了"积极投身创业创新伟大实践，努力推动浙江经济社会又好又快发展"的倡议。

在"竺士杰桥吊操作法"的推广过程中，宁波港的集装箱作业量从 2004 年的 400 万标准箱，增长到 2008 年的 1084.6 万标准箱，来往船舶也变得越来越多，新型空箱吊具等新设备以及新船型陆续出现。

人生贵在坚持，每次试验好新方法后，竺士杰都会将新发现记录下来，补充到操作法中。

"竺士杰的操作法，使桥吊不再经常急刹车，不少司机都感觉操作时的紧张感少了，工作时倍感轻松，也让桥吊操作更加高效。"王承红说。

敢啃硬骨头

草长莺飞二月天,拂堤杨柳醉春烟。在 2023 年的春天,当我走进竺士杰工作的桥吊班组采访时,他告诉我,每次爬上 49 米高的桥吊,俯瞰浩瀚大海,他都认为,这还不是港口的最高点;每当一次比一次快地吊起集装箱,他都坚信,起吊的速度还没达到极限……

"我很幸运,是港口哺育了我,宁波港快速发展,给我创造了成长环境。"当我问起竺士杰这些年在班组冲锋在前的经历时,他坦言,对他来说,作为一名全国劳动模范,他的努力付出,更多的是一种反哺港口的责任和使命,这也是推动他今后继续创新、寻求突破的最大动力。

随着他的讲述,我们的记忆回到了"地中海克里斯蒂娜"船抢险的日子。

"我是骨干,我先上!"

"我是党员,我冲锋!"

工作中踏实肯干、一身技术的竺士杰,始终有股敢啃硬骨头的牛劲儿,每当接到急难险重任务时,他都会毫不犹豫地迎难而上,在班组抢险的队伍里,总有他勇敢无畏、一马当先的身影。

2005年的3月8日,塞浦路斯籍的一艘叫"地中海克里斯蒂娜"的集装箱船载着上千只集装箱,从香港驶往青岛港。在江苏连云港外海100海里处的黄海海域,它和装载着2万多吨煤炭的中国籍散货船"华凌"号相撞,"华凌"号严重受损沉没,所幸船上28名船员全部获救。

"地中海克里斯蒂娜"船伤得也不轻。它的头被撞破了,进了水还往下倾,船尾严重上翘,右侧锚边被撞出一个大口子,6个船舱同时进了水,其中,有好几层集装箱都被海水侵蚀了。并且,由于剧烈碰撞,轮船的甲板变形上翘,有一个箱区的集装箱被撞击得拱成了一个扇形。

从黄海艰难航行至东海后,"地中海克里斯蒂娜"船实在走不动了,只好向宁波海事局求救。宁波海事局马上派人员会同宁波港引航员到现场察看,并安排北仑港紧急救援。

竺士杰临危受命,从3月17日开始,他和同事一起负责抢吊船上的集装箱。他们先登船查看集装箱情况。远远地,他就看到好几个集装箱挂在船舷外面,一副摇摇欲坠的样子。等到打开船舱,大家不觉倒吸了一口冷气,上面很大的两个舱,出现了两个窟窿，里面灌进了海水，有好多集装箱歪七竖八地浮在水上，有的破损的则卡在船舱里头。

眼前这情形，大家都是第一次见，怎么办才好呢？查看中，他们还遇到了前所未有的困难：有的固定集装箱的拉杆、底锁，因为变形而打不开，有的集装箱被死死地卡在了固定槽内；集装箱进水后重量无法估计，打开箱门，里面的水像瀑布一样喷涌而出；变形的集装箱悬空拱起来，如果没有把握好着力点，底下的集装箱就会像多米诺骨牌般倒塌……

在这种情况下卸箱，稍有不慎就容易发生人身、货损等事故。想到这里，竺士杰觉得，应先想办法把这些歪斜的集装箱通过绑扎杆焊接，等把它们焊接固定住后，再正式开始起吊。

这段时间，作为技术过硬、心理素质也非常好的班组骨干，竺士杰整整4天都泡在码头，包揽了最难最险的活儿。

第一天，他和同事一起，走进船舱，一个个地找寻集装箱。对于歪斜的集装箱，他先把它们扶正，随后绑上扎杆，焊接固定；对于卡死在固定槽内的集装箱，他和同事配合，寻找着力点，用棍子将其撬出来；对于那些悬空拱起来的集装箱，竺士杰二话没说，直接上手，跟同事们一起用钢丝绳串联绑扎。同时，他还赶紧拍照记录这些问题，方便上吊车时查看。

第二天，按照先易后难的原则，他先把整齐排列堆放的集装箱吊走。

工匠之歌

第三天,对于剩下的难啃的"硬骨头",他运用新的操作法,十八般武艺轮番上阵。有些箱子被挤在了舱壁里头,不能用四根钢丝绳起吊,只有一根钢丝绳能吊上去。于是,他优化操作方法,利用钟摆的运动原理,在钟摆到达顶点后回摆时开始减速,稳稳地吊起集装箱。

第四天,最终清理那些压角的、破损的集装箱时,他灵活多变,吊具一会儿上下翻飞,倾斜地插进狭小的集装箱间隙;一会儿又扭转过来,避开装卸死角……

终于,到3月21日,在大家坚持不懈的努力下,包括58只破损箱在内的1735只集装箱,都被安全地卸到了堆场。此时,由于长时间低头盯着集装箱和吊具,精神高度紧张,竺士杰的脖子已经僵硬得无法动弹了。

"这次抢险,功劳是属于大家的,当时公司上下对卸船过程进行了严格的安全监控,并加强了现场指挥。后来,那些看了作业过程的'地中海克里斯蒂娜号'船员,向我们直跷大拇指。"说起这段经历,竺士杰仿佛在说别人的故事一样云淡风轻。

"那么竺师傅,在防台抗台中,你们又要忙些什么呢?"跟着竺士杰在集装箱码头采访,和煦的春风拂过桥吊,引得架上的锁链来回晃荡,却惊不起他脸上的一丝波澜。

"每年的台风季节,我们都要提前做好防台预案。台风来临前,我们要跟捆扎工一起,把吊机的螺杆绑牢固定好,以防台风到来时，桥吊出现倾覆和移动的情况。一台吊机有8根螺杆，我们班组共49台吊机，这近400根螺杆一路绑下来，要两三个小时才能完成。"竺士杰表示，当台风过去，他们要做的就是上机检查，进行善后修理工作，以最快的速度调试好吊机性能，及时投入生产。

"我们经常会碰到要求及时抢吊集装箱的情况。有些时候，看到舱板上的集装箱倒了，我们就要想办法用钢丝绳把集装箱绑好，再起吊；有些时候，船体出现尾部擦碰的情况，导致集装箱变形、倾覆，我们就要先把箱子扶正，进行简单固定后，一整排起吊。"竺士杰接着说，这些年，他积累了一些吊装经验，比如游艇只能用吊带吊运，不能在空中顿挫，要一鼓作气，很顺当、很平稳地起吊；吊架钢丝绳起吊大件作业，要运用减速稳关的方法操作起吊，避免产生两级晃动。

随后，他讲起了"地中海白羊座"轮抢险的经历。

2021年2月的一天，一艘由北美驶往宁波的20万吨级集装箱船"地中海白羊座"在航行途中，受剧烈阵风和海浪影响，导致该船38贝位集装箱堆垛坍塌，部分集装箱落海丢失，大量箱体倾斜。于是，他们紧急停泊到北仑港。

当时，竺士杰正在教培中心为新的桥吊司机做培训。接到抢险任务后，他立马放下教学棒，拾起指挥棒，赶赴现场指挥抢卸。

工匠之歌

"现在船上受损箱体变形严重,且有部分卡死在船体左舷舷外,情况十分危急,当务之急是要先用钢丝绳进行串联绑扎,防止发生二次倾倒和掉落。"对抢险已有经验的竺士杰,跟同事一起,第一时间对船上倾倒的集装箱进行了固定。

清理完卡住的锁销、确定挂点后,吊装正式开始。"主控合上,慢速上升……"伴随着有节奏的指挥,竺士杰一改往日的"稳、准、快",每一个动作都与现场指挥确认指令,往返吊装过程中,没有抛物线的快速起落,只有排架间一纵一横的小心谨慎推进。

"我们分工合作,经过一天一夜的奋战,大家忙得连饭都顾不上吃,终于圆满完成了抢险任务。"竺士杰表示,这些抢险经历,让他感受最深的是大家团结协作的力量。

春天的宁波港,几十台桥吊排云直上,集卡车忙碌穿梭,抒写着一派簇新繁荣的景象。

2023年2月的一天,我继续在竺士杰的桥吊班组采访,见到我来,竺士杰拿出一个奖杯给我看。原来,在由中国工人出版社、中国工业报社联合发起的"新中国70年最具影响力班组"发布活动中,竺士杰所在的桥吊班组被评为"新时代特色品牌班组"。

春光里,摩挲这座闪耀着光芒的奖杯,我对竺士杰的班组建设充满了好奇。作为桥吊班组大班长的他,是如何一手抓安全生产,一手抓技能提升的呢?

"我们以争创更高一级工人先锋号为目标,着力推进亲情化人本管理、人性化安全文化、人岗合一化管理为中心的'三化'建设。"竺士杰指着墙上的宣传栏介绍,就安全管理来说,他们桥吊班以"竺士杰桥吊操作法"安全操作理念为抓手,在班组内开展人性化安全文化建设,不断夯实安全基础。

顺着他手指的方向,宣传栏的正中,醒目地标示着他们的安全文化理念:万分之一等于百分之百。最左边是班组安全操作理念:正确认识稳、准、快,平稳准确操作才能安全高效。最右边是班组安全目标:无违章、零事故、零伤害。

原来,在竺士杰的牵头下,班组制定了《安全文化手册》,编制了桥吊班安全品牌——CRS桥吊安全理念(CR:起重机;S1: Steady 稳、Speed 快;S2: Standard 标准;S3: Safe 安全),并在班组内开展安全学习;定期组织召开操作交流及典型事故案例学习会,注重班员自主学习,在交流会上,班组长的"讲"与班员的"学"交相互动,不断提高每位操作司机的安全意识。

新司机上岗初期,班组为每位徒弟配备了A、B岗导师,把导师的绩效与徒弟独立上岗的工作表现挂钩管理;对应对突发状况能力弱等操作情况,班组老师傅开展针对性的技术指导;对操作不规范、安全意识不强的新司机,实行大班回炉再培训和末位淘汰机制;在新司机上岗安全跟踪阶段,除了继续开展操作技能培训,更加注重加强新司机"在岗有责"的安全意识。

同时,班组会选拔操作技术好的班员担任导师,在导师的选拔过程中,班组长会对担任导师的班员进行手把手、一对一的现场操作交流,查找问题,逐项整改,并就规范操作和带徒方法进行探讨。这样,通过班组长确认后,担任新司机培训工作的导师,能够实现培训过程标准化。

每年的3—4月,是班组操作规程全员学习测试月,集中对全员就公司安全生产文件、桥吊操作规程、"三防三无"安全理念进行测试,要求每位班员达到80分,不断巩固班员的安全理论知识。

"安全是一切生产的前提。我们的安全常识是:一个目标、两头慢、反三违、四不伤害、冬季五防、六不吊、七心态。比如,"两头慢"是指集装箱装卸机械在作业过程中,司机在着箱、引关以及靠箱、嵌箱、进出隔槽时做停顿对位,平稳准确地将吊具摆放到指定位置的作业动作。"竺士杰指着另一块宣传栏说,他们桥吊班在抓好安全管理的同时,还主抓人岗合一化管理,以此提高班员的操作技能。

人岗合一化管理,这个提法对我这老钢厂女工来说,还比较新鲜。我忍不住想要知晓他们提升操作技能的秘诀。

这些年,在公司的指导下,竺士杰操作法推进研究室成立。

竺士杰所在的桥吊班，积极开展双吊具常态化运用工作，参与操作部"一箱节约一美金"服务承诺活动，成立突击队，提高万箱船作业效率。在公司打造马士基、达飞精品航线作业中，桥吊班各项作业效率位居全球第一。

同时，公司全面推行精细化管理，桥吊班自我加压，内部挖潜，推广节能操作方法，重新制定桥吊靠离泊让机程序，规划作业间隙以有效利用待机时间，调整桥吊待机自动断主控和熄灯程序；班组在整体提升节能意识的同时，进一步规范操作技能。

工作中，老师傅带队上船了解作业环境，并做好记录，建立特殊船型的船舶资料库，供大家学习交流；创新学习的方式，桥吊班通过制作flash动画还原作业场景，寓教于乐，加强班员的学习兴趣；利用短信平台，每周发送一条安全操作规程，便于班员学习。

"在抓好安全管理、提升技能的同时，我们还推出了亲情化人本管理模式，从关心人的细节和小事做起，依靠员工，尊重员工，凝聚员工，发展员工，其实质就是以人为本。"竺士杰指着第三块宣传栏介绍。抓亲情化人本管理，培育和谐氛围和高昂的工作热情，这是他们一直在践行的班组管理理念。

我的目光所及，是技术比武、谈心谈话、公益活动这些温馨的场景。我明白，他们的亲情化人本管理，就是用家人般的关爱，做班员幸福的守航人。

工匠之歌

在班组这个温暖的大家庭里，大家集思广益，创新开展技术比武活动，持续开展"五虎将"和年度"五虎上将"的竞赛，采取擂台赛的形式，人人争当技术比武的"小老虎"。这样不仅增加了工作的趣味性，提升了大家的日常操作技能，还在班组中营造了你追我赶学技能的氛围。

并且，每月开展班员谈心活动，班组长在第一时间了解班员的思想动态，使班组更具有凝聚力和战斗力。班组长及时反映班员的心声，畅通上情下达和下情上知的良好渠道。此项活动的开展，排解了班员的后顾之忧，基本杜绝了班员带着情绪上机操作的现象发生。

每年，桥吊班班员都会积极参加集团工会、团委组织的各类活动，在集团职工运动会上，大家参与羽毛球、游泳、田径等单项比赛，获得多个项目的金、银、铜牌；班组篮球队在公司篮球联赛上获得五连冠；桥吊班多名班员上央视展示技能才艺，其中竺士杰多次参加CCTV1《挑战不可能》《机智过人》和《直播中国》节目，和郑恒亮一起参加CCTV2《中国大能手》节目展示极限技能，胡佳威在CCTV3《群英汇》上演唱《北京北京》并获得金奖。

一人强不算强，团队强才是真的强。这些年，竺士杰带领团队创新技术，提高工作效率，降低劳动强度，改善大家的工作环境，以人性化管理服务大家，受到班员的拥戴。想到这里，我不由得对他竖起了大拇指。

在竺士杰的桥吊班走访时，会议室展示柜内，一张中英双语的奖状吸引了我的目光。

走近了看，上面用中文写着：宁波北仑第三集装箱码头有限公司"提高桥吊故障二次间隔率"项目，获得亚洲质量改进优秀案例三等奖。奖状上，项目作者署名是竺士杰、张跃、薛晖、李伟、郑恒亮。

自主研发的质量改进项目，能够走出国门，荣获国际奖项，这让我对竺士杰的团队充满了敬佩。这些年，竺士杰是如何带领团队的 QC 小组进行技术攻关的？又是如何获得这个亚洲质量改进优秀案例奖项的呢？

"写好 QC 报告，对我来说，可谓任重道远。刚开始，我可是一个连班组工作总结都不太会写的技术工人，更别说创新课题的研究撰写了。"竺士杰说起这些时，有些百感交集。在他的讲述中，我看到了这些年他从技术能手到创新工作室带头人的蜕变。

2007 年，成为桥吊班副大班长的竺士杰，开始接手 QC 创新攻关报告的编写。

一开始，他连 QC 报告究竟是什么都有些搞不明白，根本不知道从何处下手准备工作。这个时候，竺士杰那股肯学肯钻的劲头发挥了作用。他想到，自己不会不要紧，活到老学到老，

工匠之歌

宁波港这么多能人,只要多加学习,请教行家里手,就没有学不会的本领!

于是,他开始四处拜师学习。他的第一个师父是集团工会办的主任陈建。工会是咱职工的"娘家人",遇到困难找工会准没错。说起来,可真是找对了人。工会办主任陈建不仅是工作中的热心人,也是有心人,他平时就养成了汇总资料的习惯,竺士杰一找上门,他就把 QC 报告的写作方法汇总打包,悉数相送。竺士杰如获至宝。

有了写作模板和范本,竺士杰就开始思考课题方向。对他来说,"竺士杰桥吊操作法"的更新和改进,是一个持之以恒的课题。而且从熟悉的课题下手,更得心应手。想到这里,他就与老师傅们商量,决定牵头成立一个技术攻关小组,解决如何在稳、准着箱的同时,还能保证工作效率的问题。

那段时间,晨曦中、黄昏里,总能看到竺士杰和团队成员忙碌的身影。有时候,他们在工作现场跟踪作业数据;有时候,他们在电脑前进行数据分析。就这样,经过连续 3 个月的创新实践,他的第一篇 QC 报告出炉了。

在第一次集团内部 QC 报告发布会上,竺士杰关于桥吊操作法的技术创新课题顺利过关了。但那时,他并不满足,在发布会上,他发现集团公司下属铁路公司的技术员做的课题,非常漂亮,这让他羡慕不已。当即,他决定拜这位技术员为第二个师父,一有空,就开车去该技术员所在的镇海公司拜师学艺。

有了技术员师父的指导,竺士杰的创新工作开展得更加如鱼得水,他们团队的 QC 报告也越来越出色,"提升新型空箱吊具作业效率""提高桥吊一次着箱率""提高桥吊故障二次间隔率"等项目,相继获得交通部优秀 QC 成果奖。

这里,我们要着重说说获得亚洲质量改进优秀案例三等奖的"提高桥吊故障二次间隔率"项目。

工作中,竺士杰意识到,桥吊故障率的高低,直接关系到港口生产的效率、安全性、能耗和经济效益,在他看来,提高桥吊故障 MMBF（间隔率）数据,至关重要。有了这个想法,他带领 QC 小组连续几月作业,通过数据分析得出,稳关操作精准率低、吊具下降抢挡操作多次着箱、开闭锁操作失误、船型结构复杂易碰撞是导致桥吊吊具和起升故障率高的主要原因。

根据这些失误原因,QC 小组制定了多个相应的对策。比如,一次着箱纳入绩效考核,避免抢挡操作多次着箱。再比如,推广减速稳关操作方法,通过提高稳关对位的精确率,有效避免高挡位制动延时行走的问题。他们发现,此方法能有效改善一次着箱命中率低的问题。

还比如,调整限位参数,降低开闭锁失误率。针对开闭锁操作失误情况,QC 小组想到的是把吊具着箱延时开闭锁操作设定为 1.5 秒,着箱后起升设定 1 挡速度延时 3 秒,达到着箱后

工匠之歌

吊具与箱体在 70 厘米的区间为限速状态是最合适的，兼顾效率与安全。同时，在码头区域桥吊吊具全速下降至 10 米高度时，限速为全速的 60%；下降至 3.8 米高度时，限速为全速的 10%。

又比如，了解船型结构，减少碰撞发生。针对船型结构复杂易碰撞的情况，QC 小组建立了船舶资料库，形成船舶资料共享体系。在班组建立安全积分制，动员全体班员收集船舶隐患图片；建立微信共享群，第一时间将船舶隐患图片发送给作业司机；根据收集的船舶隐患特点，制作船舶模型，供全体司机学习。

针对性地出台这些解决方案后，QC 小组经过实践记录发现，一次着箱率明显提高，由此前的 77.60% 提升至 79.85%；开闭锁操作失误大幅度减少，由此前的平均 28 次降低至平均 8 次；QC 活动后进行的综合性安全理论考试中，99% 的司机得分在 80 分以上，达到所有作业司机对特殊作业环境知晓率大于等于 90% 的目标要求。

最后，竺士杰对桥吊故障二次间隔率数据进行统计，间隔率由每次 1193 自然箱提高到每次 1717 自然箱。这反映了本次 QC 活动取得了实质性的成果，大大提高了桥吊的作业效率，产生了非常可观的经济效益。由此，他长舒了一口气。

此项创新成果的研究成功，引起了宁波舟山港集团领导的关注。在 2020 年 9 月 24 日举行的第五届亚洲质量改进与创新案例大赛上，宁波舟山港集团公司推荐了包括"提高桥吊故障二次间隔率"在内的三个 QC 小组活动成果参赛。

由于接到参赛通知的时间比较晚，竺士杰来不及找团队成员协助，就自己硬着头皮运用 Excel 表格中的专业工具，做出帕累托图、饼状图、鱼骨图、雷达图、树状图，还把题目翻译成英文，连夜加班做到凌晨，终于在第二天上班时，顺利将相关成果做成论文形式，并上交了参赛报名表格。

人们常说，好事多磨，对竺士杰来说也是如此。不承想，在亚洲质量改进与创新案例现场发布会上，他被通知演讲时的 PPT 不能直接用上交的论文而要转换为简单明了的 QC 格式。作为第 13 个出场的选手，他要在上台前修改完演讲格式，这时间太赶了，同行的伙伴们不觉都为他捏了一把汗。

好在竺士杰的 QC 功底深厚，加上他的心理素质也比较强，遇到问题，他首先想到的是迎难而上。在时间紧、任务重的情况下，他的脑海中快速闪过写 QC 报告的几个步骤。有了思路，开工就顺利了，在其他选手演讲的时间里，他现场修改好了演讲 PPT，并在最后的评比中，获得了不错的名次。

"别看我现在已经是集团公司的 QC 专家，我这一路，都是一个脚印一个步骤这么努力过来的。"说起这些往事，竺士杰非常感谢创新团队的小伙伴们。他觉得，人生路上，我们都会遇到各种各样的挫折，唯有理想和信念不可辜负。

工人有力量

近年来，宁波舟山港集团作为全国产业工人队伍建设改革首批7个项目试点单位之一，出台了一揽子含金量高的人才培养政策，不断加大对技能人才的培养力度。其中，工匠特训营是宁波港集团劳模工匠素质提升工作的又一创举。

工匠特训营是浙江海港工匠学校开设的高端培训班，是集高水平师资、高质量培训、高标准管理的技术技能人才的重点培训项目。入选首期工匠特训营的18名学员，均是来自集团各生产管理领域技术技能水平高超的劳模工匠，竺士杰是首期工匠特训营班长。

在首期工匠特训营上，大家接受了包括前沿技术、大师带教等专题教学，特训营还设置了精神宣贯、媒体应对、外出访学等一系列综合能力提升课程。为期一周的封闭式培训中，劳模工匠们不辞辛劳往返四地，日夜兼程奔袭三百公里，在与时间

二、工匠之路

赛跑、与队友比拼中,一方面深入了解集团战略部署,踏实学习团队管理模式,另一方面请教各领域专家,向全国劳模人物致敬,同时探索成为知识型、技能型人才的路径。

对于这次特训营,竺士杰表示,这是一次重新寻找初心的征程,也是一次实现自我迭代的蜕变。在工匠特训营,竺士杰是学员班长;而在工匠成长营,他则是学员导师。

2023年2月16日,我跟随竺士杰一起前往位于镇海的海港集团教培中心,观摩他对工匠成长营的学员进行"竺士杰桥吊操作法"的培训授课。

这些年来,竺士杰创立的桥吊操作法,在提升桥吊装卸效率方面取得了良好的效果,并在宁波舟山港得到了广泛的推广应用。该操作法曾创下每小时起吊185个标准集装箱的纪录,达到国际一流水准;在提高速度的同时,还有效降低设备故障率,大幅度降低司机的疲劳程度。

"长距离行走,采用减速稳钩的方法。在作业中,桥吊小车在行走过程中出现自然钟摆现象,在稳定摆角的同时,实现桥吊小车位移。

"当起吊30吨以上重箱或进行钢丝吊装大件等操作,且需要长距离行走时,应采取桥吊小车与吊具同步行进的操作方法。

"短距离行走,使用加速与减速相结合的稳钩方法,可以选

工匠之歌

择推2挡减1挡，等吊具抛出去后再推2挡追上，减1挡保持垂直后回0挡。"

课堂上，竺士杰围绕如何在桥吊作业中做到稳、准、快，操作中注重"人机合一"的状态，一边画图，一边讲授。他结合自身的工作经验，从桥吊操作法的介绍开始，用轻松、实用的方式，把桥吊操作法的核心理念、形成原理、基本操作等进行逐一解析。学员们听讲的同时，用笔记录下不理解的地方，不时与竺师傅交流互动，现场气氛活跃。

课后，我们走进了教培中心的仿真训练室，在这里，两台桥吊模拟机的仿真训练场景，让我眼前一亮。降落、瞄准、锁孔、起吊，整个吊运模拟场景的设置，逼真形象，在训练室就能帮助学员熟悉作业环境。

"我们通过与竺士杰创新工作室合作，使培训课程与'竺士杰桥吊操作法'结合，综合提升仿真培训效果，为各码头公司输送优秀的起重作业人才。"竺士杰毕业学校的董金才老师，现在是教培中心培训部的老师，他介绍说，仿真训练室把"竺士杰桥吊操作法"的核心理念融入培训课程，上墙展出操作法的详细介绍，帮助学员更直观掌握操作要领。

谈到竺士杰这个爱徒，董老师有很多话想说。"评技师时，他来我们这里读书，基础课、专业课、设备的维护保养、液压传动等，他像海绵一样不停地吮吸知识的甘霖，对原有的技能知

二、工匠之路

识进行更新。"董老师表示,学生时期竺士杰就爱学习、肯钻研,工作后竺士杰经常找他交流工作心得,聊操作上的问题。在董老师看来,他能创新性地提炼出自己的操作法并不让人意外。

"成为大国工匠后,竺士杰是我们教培中心首批集团内训师之一。这些年来,他经常受邀前来讲课,给初级工、高级工讲工匠精神和'竺士杰桥吊操作法',以及起重机的安全操作方法等,每次都毫无保留地悉数相授。每年的高级人才继续教育,他也来授课,讲劳模精神、劳动精神、工匠精神,起到榜样的引领作用;在班组长培训课上,他来授课讲班组建设和班组安全文化创建经验,推广标准化安全管理理念。"董老师说,竺士杰的团队帮教培中心编写的内部教材《远控桥吊》,已经在培训中使用,填补了以往的空白。

和煦的春光里,我们离开教培中心,来到竺士杰工作的桥吊班。在这里,我见到了竺士杰的徒弟、徒孙。大家纷纷表示,跟着竺师傅,不仅学到了技术,还学到了认真干活的责任心和积极主动的工作态度。"船上哪些地方吊运集装箱比较危险,不同的船型,有哪些吊运中需要注意的事项,他都在观察和思考,并督促我们养成勤学多问多思考多总结的习惯,进一步提高作业效率。"徒孙吴飞说。

在大家的讲述中,关于竺师傅的传承引领精神,像放电影一样，深深地印入我的脑海。

近两年，竺士杰引领的工作室通过公开面试、集中培训的方式，选拔优秀的人才成为各岗位的金牌导师。同时，他作为金牌导师的导师，带头履职尽责，亲自上机指导，观察大家的操作手法，先后培养产生高级技师3人、技师10人、高级工39人。目前，金牌导师工作模式已推广至多个岗位，他们手把手教学，不断跟踪指导，为员工成长成才提供了新的便捷路径。

在竺士杰的牵头下，创新工作室积极开展校企合作，为北三集司一线员工提升学历搭建平台。2020年，竺士杰创新工作室与教培中心深化合作，在仿真训练室筹建竺士杰创新工作室实训基地，与上海海事大学合作开发远控岸桥模拟教学设备，一起参与制定中港协关于集装箱远控岸桥教学培训的标准，进一步深化"竺士杰桥吊操作法"的推广力度。竺士杰经常来指导大家操作，加快了桥吊司机的培训进度。同时，他也担任教培中心的高技能人才培训讲师和职业技能等级培训考评员、技能比武的裁判长，先后培训员工上千人次。

除此之外，他还参与国家题库开发。2020年，竺士杰成为门式起重装卸机械组国家题库开发专家委员会成员，圆满完成工作任务。他入选的题库开发组，被授予"门式起重机司机组优秀方向组"称号，他本人也被评为"国家题库开发优秀专家"。2023年，他担任了全国第二届职业技能大赛起重机应用技术赛项的总裁判长,徒孙吴飞在比赛中获得了铜牌……

听到徒弟们七嘴八舌的介绍,竺士杰摆摆手,乐呵呵地表示:"这都是大家的功劳,都是靠团队做出来的。"

认准一个目标,即使有再大困难,也决不轻言放弃;几十年如一日,把工作做到一流,把事业做到极致……这就是劳模精神、工匠精神。

关于工匠精神的传承,竺士杰给我看了一份他2022年进机关、校园讲课的表格,上面密密麻麻记录着他走进浙江金融职业学院、宁波市第七中学、湖州职业技术学院、浙江经济职业技术学院、燕山大学、浙江师范大学、浙江大学求是大讲堂、宁波市消防支队、团省委青年大讲堂等地,开展讲学的经历。仔细浏览下来,这一年时间里,他竟有30多场讲座,线上线下有近百万人次听讲。

"我们宁波开展的'劳模工匠进校园'活动,让我记忆犹新。在开学第一课上,我演讲了40分钟,激起了现场6次掌声。这种场景,让我一时都有些激动,我意识到真实的励志经历,更能入脑入心。努力让人生的不可能变为可能,这就是我想要告诉孩子们的话。"竺士杰深情地回忆。

随着他的讲述,我们的记忆回到了他给孩子们上开学第一

工匠之歌

课的那一天。

2022年2月17日,是宁波中小学春季开学的第一天。为了激励广大青少年向劳模学习,向工匠看齐,鄞州的应麟书院,举行了开学第一课。

活动现场,作为新晋的劳动教育导师,着一身绿底荧光白桥吊司机工作服的全国劳动模范竺士杰,走上了应麟书院的讲台,为大家带来了生动的开学第一课——"工匠精神让不可能变成可能"。

这位质朴谦和的港口工人,是怎么从一名技校毕业生,成长为全国劳模和大国工匠的?工匠精神究竟是一种什么样的精神?孩子们的眼神中充满了好奇与渴望。

在孩子们的热切期待中,竺士杰如邻家哥哥般,开始了发自内心的演讲。"我是一名桥吊司机,20余年来,专注研究起吊集装箱这一件事。"从刚开始进入宁波港龙门吊班,成为一名龙门吊司机,到走进中南海受到国家领导人接见,竺士杰用朴实的语言娓娓道来他的经历。

刚开始,他学习的是龙门吊,三个月出师。接下来,他转岗学习桥吊,他发现同样是吊车司机,驾驶桥吊和驾驶龙门吊,有着很大的不同。"第一次坐电梯到桥吊驾驶室,我握着操作手柄,全身使劲,身体弯腰下匍,脸都快贴到下视玻璃上了,只想着能离被抓取的集装箱更近一些。操作了10多分钟,底下晃动的吊具完全不听我指挥,在那一个劲儿地晃动,我怎么努力都不能吊到箱子。最后,我累得浑身冒汗,全身酸痛,可都无济于事,还是师父出手吊起了那个箱子。"竺士杰绘声绘色地讲述着。

学会开桥吊后,因为他的起吊动作太慢,收获了"姜太公"的"美名"。常言道,慢工出细活,他在慢的节奏中思考,不觉从钟摆的回转中找到灵感,摸索出一套减速稳关操作手法。这套新技术,让他一举夺得了全市桥吊比武的第一名!当时,他就定下一个目标——向全国劳模许振超学习,练就"一钩准""一钩净""无声响操作"等绝活。成为一名劳模的种子既已播下,他就朝着这个方向不懈努力着。

随着以他姓名命名的桥吊操作法逐步推广,荣誉和奖项纷至沓来。从首席工人、金锤奖、五一劳动奖章,到全国劳模,一路走来,他收获了汗水与荣光,也倍感肩负的压力和责任的重大。如何才能做得更好,配得上这些荣誉?他在思索,继而把精力投入到桥吊操作法的不断更新完善中,以期带出更多的青年技术人才。

一分耕耘,一分收获,在班组建设中,金牌导师团队带徒、实景动态船模、远控桥吊智控模拟教学平台、竺士杰工作法教学视频课等一些教学项目的出台,相继培养了一批又一批人才。在技能创新中,《竺士杰工作法:桥吊操作基本方法与实

工匠之歌

际应用》一书被采编进"大国工匠工作法"系列丛书全国发行，"提高桥吊故障二次间隔率"项目走出国门，获得亚洲质量改进优秀案例三等奖。

演讲视频中，大家可以看到，这位技工出身的劳模，工作技术含金量越来越高：他和他的团队运用数字化管理技术，提升桥吊司机的单兵作战能力，进而提升码头的整体作业效率。看到他站上央视颁奖舞台，从全国总工会兼职副主席许振超手上接过"大国工匠"的奖杯，现场学生自发地开始了第6次鼓掌。这是对他精益求精钻研技能的工匠精神，发自内心的深深的敬仰！

"学好技能可以做一根好使的'烧火棍'，当一名优秀的技术工人，一样也可以成为对社会有用的人。

"只要有敢于尝试的勇气，坚定不移、勇往直前，就可以变不可能为可能。

"用心无旁骛钻研技能的工匠精神，去带动身边人，激发大家的工作热情，凝心聚力打造世界一流强港！"

宣讲中，竺士杰从自己的成长经历入手，用朴实的话语和真实的心路历程，勉励学生们，要学会不断挑战自己，并用乐观的精神面对生活。

"劳动是一切成功的必经之路。坚守初心，练就令人惊叹的本领；心无旁骛，将一件小事做到极致……劳模工匠竺士杰变不可能为可能的经历,传奇而励志。""竺老师身上不断创新的钻研精神和爱岗敬业的工作态度,值得我们学习一生。我想,我们在学习中也要学会不断突破自己,在一次次迎难而上中成长。"应麟书院的学生聆听时纷纷表示。这堂开学第一课,在大家心中埋下了行行出状元的思想种子,相信只要肯钻研,每个人都可以有所作为。

竺士杰的这堂开学第一课,拉开了宁波"2022劳模工匠进校园"系列活动的序幕。"与初进宁波舟山港时相比,随着设备不断更新,港口建设不断深入,我们码头的工作早已发生翻天覆地的变化。我想,变化的是时代,不变的是持之以恒加强学习的初心。"竺士杰觉得,"劳模工匠进校园"活动是很好的载体,希望自己的人生经历,能给更多年轻学子以启发。

对于此次传扬劳模精神的活动,竺士杰表示,这要感谢宁波市总工会联合市教育局提供的育人舞台,在深化"中国梦·劳动美"主题宣传教育活动中,组建了市级劳模工匠宣讲团,定期开展'劳模工匠进校园'活动;精心制作劳模工匠宣传视频,丰富劳动教育内容,使劳动创造幸福的理念,真正成为青少年的共同心声和普遍追求。

时代是出卷人,我们是答卷人,人民是阅卷人。作为一名

工匠之歌

共产党员，始终要把"人民"二字铭刻在心。那么，工人党员竺士杰又是如何在人民中传扬工匠精神的？关于这个话题，竺士杰给我看了中宣部举行的首场优秀共产党员代表见面会上他的分享实录。

时间回溯到2021年4月29日，距离五一劳动节还有两天，中共中央宣传部举行中外记者见面会，5位新时期工人党员代表围绕"弘扬劳模精神、劳动精神、工匠精神"做介绍并答记者问。在这场高规格的优秀共产党员代表见面会上，竺士杰率先做分享。

作为大国工匠、全国劳动模范，虽已多次接受采访，但竺士杰坦言，当中央人民广播电视总台、封面新闻、《工人日报》、红星新闻等多家媒体纷纷提问，他在回答时，还是会有那么一些紧张。

为了让大家搞懂自己的工作环境，竺士杰拿出了桥吊模型，告诉大家，真实的吊机有49米高。如果对数字没概念，大家可以想象一下，16层楼有多高。而他每天的工作，是坐在桥吊上白色的小房子里控制集装箱的吊装，起吊集装箱的核心讲究一个"准"字，就像打靶一样，要非常准。

也许是担心大家听不太明白，竺士杰站起来，对照模型比画自己的操作。"我在这些年的工作中，形成了以自己的名字命名的操作方法。现在我们吊起2个集装箱，大概只需要1分多钟时间,这个速度在世界上应该也算是领先的,这就是我们的'中国速度'。"说到这些,竺士杰眼神中充满了自信。

作为工人党员,在见面会上,自然要谈谈自己的入党初心。竺士杰表示,在工作不久后的2003年,他提交了入党申请书。工作中,他所在的营运操作部现场支部,一直是优秀党支部,当时支部成立了一支突击队,对一条欧洲航线的干线船进行效率攻关。那时,加入突击队的同事都是优秀的劳模党员先进,竺士杰就非常羡慕,觉得进入突击队是一件非常光荣的事情,所以他就提交了入党申请书。他的初心就是要练好技能,成为优秀的操作司机。

在优秀党员同事的引领下,竺士杰深刻领悟到,中国共产党是中国工人阶级的先锋队,他要苦练本领,向身边的优秀党员学习。就这样,经过组织的考察,2009年竺士杰光荣加入了中国共产党。现在,他带领他的班组、他的团队,钻研技能,创新技能,在班组里面形成"比、学、赶、帮、超"的良好氛围,为浙江海港"世界强港"建设,做出自己的贡献。

枯燥,这是大多数人对港口工作的第一印象。提到这个,竺士杰毫不掩饰自己的态度:"大家觉得我们起吊集装箱是非常枯燥的,其实对我们来说,在海港工作开吊机,非常有成就感。"竺士杰深情讲述,"码头的集装箱吞吐量不断突破,我们的码头在飞速发展,这离不开港口工人的拼搏奋斗。"

"而且在这个岗位上也有很多具有挑战性的工作,让人成长,比如抢卸发生碰撞事故的船,用减速稳关操作法连续抢吊,把破损的集装箱全部安全卸下。"

这样的一些经历,帮助他在这个岗位上坚持创新,提高自己的操作技能,他觉得这样的工作一点都不枯燥。如今,浙江海港集团已经是集一流设施、一流技术、一流服务、一流管理于一体的港口投资运营集团。今后,在"世界强港"建设过程中,年轻人会更加大有作为,他希望有更多的年轻人能够加入团队。

最后,竺士杰表示,他是职业技工院校毕业的,学的就是技术,在这条技术成才的道路上,自己有很多感悟。在一线岗位当中,他沉下心来,以工匠精神为引领,做好每一天的工作。工作20年来,他不断在技术岗位上取得成绩,有了以自己名字命名的工作室,成了高级技师,还获得了国务院特殊津贴,成了技能专家。所以,他认为自己的这些技术成才的经历,能够给予很多年轻人一种示范。

他觉得,只要沉下心来学好技术,以工匠精神、劳模精神引领自己的职业道路,做好每天的工作,这样一定能够成为有用的人。

竺士杰的发言,引起了一片掌声,这是对平凡而努力的劳动者的赞美,他们用最真实的美好,铸就不平凡的伟大。

中宣部举行的中外记者见面会上,其他几位优秀党员代表也深情地讲述了自己这些年的成长和收获。听了其他代表的感言,竺士杰最后补充道:"我的工作室团队里面也有很多年轻人,现在我的团队中有2个全国技术能手、6个全国交通技术能手,大家都是通过技术技能成长成才。我觉得,年轻人只要一技在身,走遍全国、走遍全世界都不怕,我是深有体会。"

三、工匠之歌

挑战不可能

央视《挑战不可能》节目，是以人类自身为对象的探索之旅，是对平凡大众超越自我的最好见证。竺士杰曾经参与了该节目的录制，用他的话说是，不惧挑战，用桥吊"踢"球入框。

2016年4月的一天，竺士杰接到了集团工会副主席林巧发来的消息，央视《挑战不可能》节目组向宁波舟山港的桥吊司机发出邀约，将要来码头现场录制"挑战不可能"任务——桥吊司机操作桥吊起吊集装箱，然后用集装箱将球"踢"进35米远的球框。

当时，他的第一反应是：这怎么可能？太异想天开了吧！用桥吊"踢"球入框这事，他从来没见识过，甚至没听说过，这根本就是不可能完成的任务。换个角度说，就算拼尽全力挑战成功，又有什么意义呢？央视节目组就是为了收视率来的吧，我们工作这么繁忙，哪有空折腾这个！他当时想也没想，一口回绝了。

后来,在林巧的开导下,他慢慢改变了想法。他在心里想,咱是不是可以把这次挑战当作桥吊技术革新的契机,还别说,如果不是节目组有这要求,自己和班组的人肯定想不到还可以用桥吊"踢"球入框。这次央视节目组找上门,对大家来说,不仅是一次完全颠覆已有经验的全新挑战,更是宁波舟山港人的一次实力展示。既然是挑战不可能,那就接受挑战,把这当成是一次训练和教学的机会。这么一想,他就想通了。

而要成功完成这个"挑战不可能"任务,可谓困难重重。首先,桥吊"踢"球的方向和司机日常操作完全相反,坐在驾驶室操作的时候,司机根本不能直接看到"踢球"的过程;其次,桥吊司机的操作要求是"稳"字第一,而要完成"踢球"动作,却需要让吊具"荡"起来,这与桥吊司机平时的操作习惯完全背道而驰。除此之外,每次击球角度、高度、速度的细微差别,都会引起最终足球落点的巨大偏差。

挑战的难度虽然很大,但竺士杰的性格就是一旦接下任务,就要迎难而上,全力以赴。

正式开始练习时,距离录制仅剩两个月时间,非常紧迫,而练习任务千头万绪!码头岸线、设备资源、练习使用的道具,桥吊设备能否精确达到以厘米为单位的准确性,确定击球的高度,还有选择击什么球,等等,一大堆问题摆在眼前,这可怎么办?

这个时候，竺士杰想到的是依靠公司提供的强大、给力的团队。从接到挑战任务开始，公司就成立了"挑战不可能"工作小组，专门组建了微信工作群，操作部、工程部、工会等相关部门人员的加盟，让竺士杰的心里有了底气。

刚开始，由于码头生产情况和设备利用率等因素，练习基本上只停留在桥吊设备钟摆运动模拟击球的操作练习等准备工作上。竺士杰与工程部技术员张跃一起，对1号桥吊进行设备调试，确定吊具吊箱模式下全速下降急停，精准停止的偏差必须小于3厘米，并最终达到1厘米内；确定吊具预摆几次，使吊具摆动积蓄最大势能，并确保吊具不产生旋转的平衡点。

他们调试完桥吊设备，为击球做好了全面准备后，就开始进入道具制作和实操练习阶段。

球托和击球板的制作，也是这次挑战能否成功的一个关键点。球托既要保证风大的时候球不会被吹跑，又不能将球固定得太牢给击球带来阻力；击球板则要兼顾与球接触时的弹性和角度。因此，制作时需要尝试不同材质，调整不同角度，返工的次数可想而知。

夏天的车间本就闷热，加上电焊切割持续产生的高温，整个车间跟蒸笼一样，每个人都忙得大汗淋漓、热气腾腾。工程部的技术员们就是在这样的环境下，一遍又一遍地对球托和击球板进行加工调整，直到符合要求为止。

一方面，工程部在抓紧准备击球时的道具；另一方面，竺士杰在昼夜思考，他结合下一步的练习需要，撰写了一份练习计划，报请公司统筹安排接下来的练习任务。

公司领导高度重视接下来的练习推进，工会主席励国春亲自协调指导练习的具体事项。在协调会上，竺士杰就道具的准备、练习需要解决的问题等提出了自己的看法。集团工会副主席林巧指示，击球练习必须尽快推进，视频记录击打不同种类球的效果，以及可以击打的距离。并且，要根据时间进度，制订练习进度计划，相关的保障人员也要及时落实。

在团队的大力支持下，竺士杰当天就赶紧拟了一份练习计划推进时间表。

第一步：2016年7月4日，竺士杰和张跃对1号桥吊小车设定高度的停止、全速下降停止，各尝试5次。空吊具每次停止高度，都争取将误差控制在3厘米内。

第二步：2016年7月5日到7日，操作部、工程部一起配合，吊箱大幅摆动，击打高尔夫球、网球、排球、实心球、足球，看看在晃动中起升、高速下降时，如何达到高度精准停止；分别击打五种球，看看究竟能够打多远；通过击打，确定击球板的材料和击球板的安装角度及位置；准确击打不同的球，分别记录击打不同球的落点。

第三步：2016年7月20日前，操作部和工程部配合，实现击球入洞。高尔夫球和网球的弹性非常好,为了避免球的弹跳,找准球的落点位置,需要在地面铺设避免弹跳的橡胶垫或人工草皮,并且铺设的橡胶垫或人工草皮最好能够对球的滚动方向有所引导。

第四步:2016年7月30日前,在操作部、工程部配合下使击球入洞的概率提高到60%,准备现场拍摄。工会准备20尺箱一个,球托支架、高尔夫球、网球、实心球、足球若干个,手持的高频对讲机2—3个,在引桥桥面铺设橡胶或高尔夫人工草皮、球洞,拍摄使用的道具等全部到位。

按照这份练习计划推进时间表,7月6日,在大家的努力下,第一次击球练习开始了。

当时,码头的风速在3—4级,这样的风速在码头再寻常不过。可让大家意想不到的是,陆侧鞍梁作为临时击球点,因为风速的影响,球根本就摆放不稳。每次摆上去,正准备击打,球就被风吹落了。

第一次尝试击球,居然就因为球摆放不稳而无奈收工,大家心里不免有些懊恼。但是,这时距离节目录制的时间已非常近了,再没有多余的时间可以让大家挥霍。想到这些,"挑战不可能"工作小组立即召开内部会议,商讨特制球托的研制。

根据大家集思广益后的商讨结果,接下来,工程部忙着四处找材料,制作道具。7月正值最炎热的天气,制作人员在工

工匠之歌

程部修理车间待了整整一天,烧电焊、气割钢板等,汗水湿透了工作服,他们却没有一句怨言。大家的目标只有一个,尽快完成道具的制作。

连夜加工制作好球托后,他们又拿着工业电扇对着球托试吹,来测试球托的稳定性。终于,功夫不负有心人,在大家的共同努力下,球托的稳定性有了提升。

竺士杰心里明白,这次"挑战不可能"项目如能成功,就是工作小组全员共同努力的结果!

2016年7月7日,竺士杰第一次尝试在鞍梁上击球。他陆续击打了高尔夫球、排球、壁球、垒球、足球五种不同种类的球,但是现场的击球结果非常糟糕!

首先,不管击打什么球,第一个落点都是在距离鞍梁10米左右的位置。唯一的区别是弹性好的球,落到第一落点后还可以弹得很远,特别是高尔夫球,能一直蹦跳至引桥的尽头。其次,击球的点极其不稳定,吊具吊着集装箱,受风力和预摆动影响,钢丝绳两侧受力不同,吊具就会不规则地旋转起来。由于击球角度不同,每次击打出去的球,飞行的方向都是不同的,因此练习过程中,高尔夫球落海是常有的事。

为了增加击球后球飞行的距离,"挑战不可能"工作小组尝试对击球板的材质进行调整，在原有的铁板上钉上橡胶皮，希望能够提高击球板与球接触时的弹性，使球弹得更远。但是，这样的改变，没有取得一丁点效果。并且，竺士杰在击球时发现，高尔夫球的落点极其不稳定，目测很难看清楚高尔夫球会飞向哪里。

"挑战不可能"工作小组要尽快解决的问题是，使球击打的距离达到央视节目组要求的 35 米，并且要确定一种能完成挑战的球类。

在工程部技术员张跃的提议下，他们尝试把桥吊的小车速度提高 10%，达到每分钟 270 米，看看这样是否可以将球击打得更远。同时，根据上阶段的练习，他们基本确定了两种球，一种是高尔夫球，一种是足球，相较而言，这两种球的弹性更好一些。

小车速度提高后，竺士杰发现吊具的摆幅明显增大，在一天二十几次的练习中，会出现几次 25 米的距离，并且大致可以确保将球击打出 20 米远的距离。

小车速度提高、吊具摆幅增大后，每次击球时只要有一丝误操作，就会出现集装箱与鞍梁撞击的情况。经历了一天的高强度击球练习，垂直目测击球瞬间，竺士杰每次都会有发生碰撞的错觉。并且在击打到球后，小车快速跑到终点，极限强制减速紧急制动，这时吊具由于惯性停不下来，吊具与被吊的集装箱重量达到 15 吨，会产生巨大的离心力。在这个瞬间，操作司机会承受一阵剧烈的冲击力。

于是,竺士杰在操作时必须非常镇定,仔细观察吊具高速回摆的瞬间,及时回挡稳定吊具。同时,要注意倾听桥吊上架与钢丝绳的摩擦异响,决不轻易做起升动作,避免钢丝绳与上架发生摩擦,致使桥吊损伤。那几天,他经常练习到下午时段就会出现头晕、心跳加速的现象。

好在这段时间,每天的练习分别有指导员班韦东、董永涛、魏强全程配合,并将击球的过程进行了视频记录。这些视频,对练习过程的技术总结,起到了非常重要的作用。并且,每次练习的视频,他们都会传给央视《挑战不可能》节目的导演组,作为确定最终方案的参考。

7月18日,导演组看到视频后,对竺士杰进行了技术上的指导,提出根据科学原理,将击球板调整到40度角,可以增加击球的距离。同时,他们确定击打的球为足球。

就这样,根据导演组提出的要求,"挑战不可能"工作小组立即着手制作道具。重新制作击球板,将击球板尺寸改成40平方分米,并且做成15—40度可调节角度的铁板。足球的球托还需另外制作,原来的球托是铁管,铁管的沿口会在击球的瞬间对球产生阻力,风速达到4级以上时,球托还是会被风吹跑。

7月19日,"踢球"练习停止一天。根据船舶停航计划安排，1号桥吊这天要生产作业。于是,"挑战不可能"工作小组正好利用这一天时间,对相关的道具进行修改。

这时,工程部桥修主管赵志淼有了一条妙计,他提出采用橡胶条,进行三角定位,制作球托并使其离地面10厘米高。因为柔韧性极好的橡胶条,在三角支撑下,能对风力起到缓冲作用;同时,在击球的瞬间,柔软的橡胶条对球的阻力是最低的。

7月20日,按照赵志淼的提议对球托与击球板进行改进后,竺士杰继续进行击球练习。这一次,效果喜人!足球划出了一道漂亮的抛物线。击打到足球的瞬间,球向上40度角飞了起来,在空中形成了漂亮的弧线,球的落点超过了30米。这一幕,让在场的人都欢欣鼓舞,终于离预期目标更进一步了。

但是,达到预期的35米距离,这只是第一步。最终实现准确的落点,才是关键。

下一步,必须有一个球门,用来练习击球的准确性。在征求央视《挑战不可能》节目组的意见后,"挑战不可能"工作小组制作了一个5人制足球赛使用的宽3米、高2米的小型足球门。

7月21日,足球门制作完成,摆在了35米处的引桥中间。竺士杰看到球门后的第一个想法是,这球门看似有点大。但是,进球并没有想象中那么容易。在前几天的练习中,进球的概率仅30%左右。不进球的原因,基本上是集装箱在摇摆中旋转了起来，导致击球的方向偏离，打出去的球是斜的，偏出了球门。

还有就是球的落点问题。球门在35米远的位置，要进球，球必须落在离球门很近的地方，弹跳进网或是直接进网。但如果太近了，球就会弹跳后跳过球门。

每次"踢球"训练，励国春都会到现场观看，并对接下来的练习提出具体要求：每一次击球都要记录数据，例如起升高度，小车启动位置、速度、预摆次数、幅度，击球后球的落点，等等，要做到标准化操作；每次练习，5个球为一组，命中率争取达到60%以上；练习必须确保安全，注意把握好节奏，放松心态，练习强度不要太大，人和设备的安全都要确保。

公司领导的现场指导和同事们的大力协助，让竺士杰的心里暖暖的。他每天待在桥吊驾驶室，一遍遍重复枯燥的"踢球"动作。7月酷暑之下，负责捡球、放球的同事，负责现场视频记录和组织协调的码头指导员，负责协助挑战的桥吊兄弟们，就这样一整天一整天地配合支持他训练。

烈日炎炎下，每个人都累得汗流浃背，但每一次击球，大家都一丝不苟、严阵以待。

2016年7月，北三集司单月完成集装箱吞吐量突破100

万标准箱,创历史新高。为了确保练习与正常的生产不冲突,船舶计划组精心组织协调靠泊位置,尽可能确保65米以内的码头岸线为竺士杰练习"踢球"的场地。

这个时候,竺士杰放弃周末的休息时间,争分夺秒地加强练习。只要设备和码头有空,他就见缝插针地进行训练。在如此繁忙的生产月份,又是高温酷暑天气,进行这么高强度的练习,真是太不容易了!每次看到在太阳底下捡球、放球的协管员,还有堆高机司机、现场视频记录和组织协调的指导员们,竺士杰的心里都充满了感激。

随着练习次数的不断增加,击球的命中率也在不断提高。"挑战不可能"工作小组对击球效果较好的几段视频,进行了研究分析。最终发现,为了确保吊具的稳定性,不产生旋转,每次击球前必须将吊具收到顶端,然后等待几秒钟,利用将钢丝绳收到卷筒内的方法,来消除钢丝绳的晃动。

并且,练习一段时间后,钢丝绳还必须释放一次应力。为此,工程部同事吴建坤跟竺士杰一起,研究了一套释放应力的操作要领。

"开始击球,吊具下降到25米的高度,小车启动位置在37米到41.5米的区间,预摆动必须控制在2次,一前一后摆动挡位在1至3挡间切换。第3次,做全速反稳关,同时全速下放吊具至10米的高度,减速至4挡并迅速减速到1挡,击球前将

工匠之歌

挡位归0挡。"

以上一组动作，竺士杰必须准确无误地一气呵成，稍有一步偏差，都会因为击球板与球接触点的偏移，导致击球力度不够，使球的飞行距离不够或位置偏移。当然，即使这些都做好了也还是不够的，因为还要考虑风向和风速等因素，进而及时调整大车偏移的位置。

总结了以上经验后，7月29日，竺士杰击球的命中率基本可以达到60%~80%。此时，他对完成挑战任务已经胸有成竹。

可就在当晚深夜，竺士杰收到通知，央视《挑战不可能》节目导演组决定，他们桥吊项目的道具还要做调整，挑战的任务还要再细化。具体来说，就是足球门要改小，尺寸只能比足球大3倍左右；并且球门不止一个，要在30米、32.5米、35米的距离，分别放三个球门。

看到这个方案时，竺士杰的心里可谓五味杂陈，这可如何是好！眼看着时间只剩1周左右，挑战方案却变化这么大！他在心里暗想，央视的《挑战不可能》，可真是"挑战不可能"，这难度简直难以想象，完全是在挑战人的极限！

8月2日，新的球门效果图出来了，尺寸是100厘米×100厘米，节目导演组基本认可。看到这个效果图，竺士杰彻夜未眠，他想不出什么好的办法来，把这不可能的任务变为可能。

此时，一位导演联系竺士杰，为他去北京参加节目录制安排订票事宜。

"挑战还没成功,怎么就要订票啊?"竺士杰有些纳闷。

"不管挑战成不成功,都要去北京参加节目录制的。"导演回答。

既然大家已经付出了这么多的努力,并且这次录制节目,也是宁波舟山港在央视平台上的一次展示,自己怎么可以临阵退缩呢!想到这些,竺士杰觉得自己的肩上有种责任,当务之急只有根据导演组的新要求,尽快加紧练习。

在新球门没有制作出来前,他先用码头上的手推车进行训练。一个个距离进行攻克,30米、32.5米、35米,在原来的基础上,调整小车的起步位置,通过控制吊具的摆动幅度,来调节击球的距离。

练习时发现,35米的这个点位,问题最大,因为这个距离非常远,能够打到这个距离,已经达到桥吊的极限摆动幅度了。每次尝试,竺士杰都要拿捏得很准确,以免桥吊设备受损。同时,工程部张跃和吴建坤全程陪同练习,以确保设备的安全。

8月6日,央视《挑战不可能》节目外景导演组来到码头,开始搭台布景。历时4个小时,用108个集装箱,搭建成一个巨大的台子。随后,他们在集装箱的顶部铺设舞台板。到8月7日晚,才将最终的舞台搭建完成。

此时,留给竺士杰练习的时间,只有舞台搭建完成后的几个小时。练习时,他得知搭建完台子后,击球点变化很大,比原来大梁上的击球点高了70厘米,击球位置向海侧移动了1.5米。这个变化对他来说,称得上是颠覆性的,因为击球点但凡偏差几厘米,球的落点就会有巨大差异。因此之前练习的标准化操作参数,必须要做大幅的调整。他务必得在这几个小时的时间内,找到合适的击球启动点。

  第一次对着新的击球点练习,果然和他预想的一样,根本就打不到球。接下来的几次击球,就算打到了球,球也只能落到二十几米远。看到这一情况,现场的人都为他捏了一把汗,这可怎么办?

  此时已是夜里10点多,习习海风轻拂,反倒让竺士杰冷静下来。有困难,咱克服困难也要上!他一边观察环境,一边沉下心来静静思考,并与导演组商量,尽量将球托的位置向后移动,靠近陆侧鞍梁,根据高度位置的变换,将小车起步击球距离向海侧增加5米。由于高度和击球点调整,他必须要通过小车启动点的变化,找到合适的钟摆周期,及击球速度、击球时机。在晚上11点多,他终于打出了几个30米距离的球,这让大家都长舒了一口气。

  导演组还在等着跟竺士杰对台词,以及沟通第二天正式拍摄时与主持人互动需要注意的事项等,但等竺士杰练习完,已经是8月8日凌晨了。根据拍摄需要,所有人员务必在8月8

三、工匠之歌

日6点10分到达码头。这么早开拍,也是竺士杰给导演组提的建议。他想到,这次挑战能否成功,还取决于风速的大小。通常码头的风力在早上10点前不会超过3级,10点以后就会起风,风速会逐步加强。

兴奋加压力,让他一夜难眠。早上5点30分,竺士杰就翻身起床,驾车接上工程部的张跃,到1号桥吊做最后的检查。在驱车去单位的路上,他一直祈祷今天不要起风。

说来,他们的运气相当不错,当天早上的风速不高,风力基本维持在1—2级。

到了码头后,看到所有道具已经准备就绪,竺士杰本来还挺放心的。可细细一瞧,竟又有变故!球门在原来的基础上又改小了一圈。导演组还在球门开口处,增加了红色的、用广告板割出的圆口,球洞的尺寸缩小为80厘米×90厘米。现场的导演解释说,这是为了增加拍摄时的视觉效果,其实对进球的影响不大。

听到这样的解释,竺士杰一时不知该说什么好。沉思中,他告诉自己,不管怎么样,《挑战不可能》节目的宗旨就是挑战极限,让平凡生命极致绽放,既来之,就姑且安之吧。

"我就是来完成挑战的。超越自我,勇敢挑战,让不可能变成可能!"此时,竺士杰知道自己已经没有退路,只有勇往直前沉着应对!

工匠之歌

接下来,就是完成"挑战不可能"任务的录制。

当摄制组架设好全部拍摄器材,现场的场面可壮观了!在竺士杰的桥吊司机室,有一位导演和一位摄影师,他们用三台微型摄像机记录他操作的全过程;桥吊的鞍梁两侧,架设了摄像机;舞台和码头上,也全都是摄像机。现场还有两根大摇臂摄像机,用来航拍的无人机也已就位。

2016年8月8日早上8点,一切准备就绪后,导演组通知竺士杰可以开始击球,5次击球为一组,要求在30米、32.5米、35米的球框内各进一次球,就算挑战成功。

在正式拍摄前,竺士杰可以再练习击打几次球,找到感觉后再正式开始击球。开始击球时,码头已经起风,山上的电力大风车开始转起来,第一次尝试击球,球向左偏出球门50厘米,他感觉到风向已经对击球的方向有明显的影响,于是他根据风向调整吊具,向风向的反方向偏转2度左右。可第一次正式击球,球还是偏出球门30厘米左右。

这时,竺士杰果断地调整大车位置,向东行走50厘米。第二次击球,效果明显好很多。球打正了,直飞向30米处的球门,直接砸在红色广告板的上沿。打出这样的效果后,他心里基本上确定了方向。接下来,还剩三次挑战机会。

击打 30 米球门的第一球,球进了!紧接着,是 32.5 米的球门,这个球门是练习中最容易进球的位置,第二球也顺利打进了!第三球是最困难的,距离最远,球飞行的距离也最长,受到的影响也最大。于是在击打第三球时,他深吸了一口气,告诉自己一定能行,并对设备做了长时间的调整。大车又向东移动了 30 厘米,击打的预摆动幅度也调大了几度。

击打中,竺士杰放弃了一次击球,他觉得吊具的晃动幅度不够,决定重新调整后再打一次,不能浪费最后的击球机会。于是,经过调整,当吊具摆到极限位置,全速反稳关时,他操作手柄,把球打了出去。只看见,一枚吸引众人目光的足球,在空中划出了漂亮的抛物线。因为距离太远,当时他还要专注吊具回摆后的稳关操作,避免桥吊受损,所以没看到进球的瞬间,只听到进球后气体喷射的声音——那代表着球正中球门!

当时,他真不敢相信就这样顺利进了三个球,完成了挑战任务。他只看到码头上观看的导演和摄像师们,都兴奋地欢呼了起来。他知道,肯定是顺利过关了!这时,导演组宋导通过高频联系他,说这次进球太突然,拍摄组没有准备好,击球的瞬间还要补一个镜头,希望他再击打一次。

于是,竺士杰就根据刚才进球的节奏,又挑战了一次。这一次,还是顺利进球了!准备了两个多月的挑战,就这样圆满成功了,那一刻他有些难以置信,感觉幸福来得太突然了些。

工匠之歌

"只要敢想，敢挑战，没有什么不可能。"此时，竺士杰真想振臂高呼一嗓子。回想起从接到邀请，与导演组沟通挑战方案，忙碌地准备道具，探索如何完成挑战任务，到随着挑战拍摄日的临近，球门设计方案一变再变，担心完不成任务的焦虑等，竺士杰百感交集。

当港吉公司总经理任小波给他发来祝贺挑战成功的短信时，他心情激动地回复道：我感恩能在这个优秀团队工作，这次挑战没有大家的支持，我是不可能完成挑战任务的。

8月8日完成挑战现场录制后，导演组就约定，让竺士杰8月16日去北京参加《挑战不可能》节目的后期录制。后来，央视王导通知他，还要邀请他的妻子和女儿一起去北京录制节目。得到这一邀请时，全家人可激动了，这是一次非常难得的人生体验，在他女儿成长过程中，也是非常宝贵的一次经历。

8月15日，竺士杰一家从宁波乘坐高铁到达北京，下榻宾馆后，放下行李，吃了晚餐，负责后勤接待的工作人员就把他带到节目录制的演播大厅里，练习走台。其实，这第一次走台就是让他熟悉一下从哪里上台，进荣誉殿堂怎么走。体验了一下上台的感觉，竺士杰对今后几天的排练充满了期待。

随后，导演组安排陈朔老师和高健老师跟竺士杰交流。聊天的时候，竺士杰并没想到，这些内容都是节目制作非常重要的素材，要写到台本里去的。经过此次交流，导演们认为，来自

三、工匠之歌

宁波舟山港的技术工人竺士杰,是一个热爱工作、懂得生活,积极、乐观、开朗的人,他的家庭是很幸福美满的家庭。

经过精心准备,终于到了8月20日后期节目录制那天。

播完外景录制的挑战"踢球"短片后,竺士杰挥手向观众和评委示意,走向舞台中央主持人撒贝宁的身边。让他非常惊讶的是,撒贝宁的第一句话就说自己认识他,认为竺士杰应该上过他主持的节目。这样的开场,一下就拉近了彼此的距离,让竺士杰生出亲切感。

接下来,竺士杰与三位评委的互动也非常顺利,除了问他与完成挑战相关的问题,董卿跟他聊了古典音乐的话题,李昌钰博士问了他完成挑战的一些技术难点,他都一一做了回答。当撒贝宁介绍"竺士杰桥吊操作法",并把书分送给三位评委浏览时,竺士杰突然有个想法,是不是可以请三位评委在书上签个名呢?他大胆地提了这个要求,三位评委很爽快地答应了,并在现场签了名。

随后,三位评委一致宣布竺士杰挑战成功,可以进入荣誉殿堂。

在大家的喝彩声中,竺士杰缓缓走进荣誉殿堂。他知道,这次理想和现实擦出火花,用桥吊"踢"足球入框,既展示了码头桥吊独特的工作原理,又体现了节目挑战生命极致的主旨。他一边跟大家挥手,一边在心里告诉自己:"任何成功,都是经过千万次失败换来的。"

这次用桥吊"踢"足球入框的挑战成功之后，竺士杰所在班组的成员都来向他取经，纷纷走上桥吊，感受"踢"球入框的精、准、快技术。而竺士杰自己则名声大噪，连续收到央视节目组的挑战邀请。

2018年5月9日，他接受人社部与中央电视台联合主办的《中国大能手》节目邀请，用集装箱底部的涂层为鸡蛋染色，成功完成挑战；

2018年8月17日，他接受CCTV1《机智过人》节目组邀请，用2.5吨重的集装箱击打一个直径4.2厘米的高尔夫球，顺利完成挑战；

2018年11月29日，他接受央视网《直播中国》节目组邀请，为庆祝改革开放40周年，在码头现场完成用集装箱摆"40"字样的挑战任务。

……

这些不断尝试和探索，一次次证明了生活中，只有想不到、没有做不到的道理。竺士杰深知，只要有一颗不惧挑战的心，敢于沉下心来细心钻研，就可以将不可能的挑战变成可能！

劳动的双手

劳动塑造美好结果，是一切幸福的源泉。走进竺士杰的桥吊班，看到展示墙上那一整面墙的获奖荣誉照片，我很感慨，他通过自己劳动的双手，获得了这么多奖项，可以说，一个工人所能得到的最高荣誉，他几乎都得到了。

与此同时，我也有些好奇，这么多荣誉中，让他感到特别开心的是哪一个呢？竺士杰笑着与我说了起来。

都说初生牛犊不怕虎，赢得2006年的宁波市桥吊技术比武第一名，对年轻的竺士杰来说，是最开心的。在那次比赛中，他获得的第一名，是他得到的第一个大荣誉。

当时参赛，他很自信，对自己的桥吊技术很有把握，对以他名字命名的桥吊操作法很有信心，他也很清楚自己的水平在行业里处于什么样的位置。于是比赛时，他没有一丝紧张，沉着应对，跟平常工作时一样，采用新操作法做完规定动作，创下一

工匠之歌

小时起吊 104 个标准集装箱的纪录,顺利拿下了第一名的殊荣。

2007 年,竺士杰凭着高超的桥吊技艺,获得了省里的金锤奖。当省长给他颁奖时,竺士杰的心里特别开心。年仅 27 岁的他压根就没有想过,自己开桥吊能获得这么高的荣誉,并且省长还给自己颁奖,这可是劳动最光荣的实力见证啊!

后来,随着得到越来越多、越来越高的荣誉,他的心里反而越来越不踏实。对他这样一个喜欢钻研琢磨的技术工人来说,荣誉越多,最初的那种喜悦和成就感就少了,更多的是沉淀在心里的压力。

在他看来,技能大赛的奖是比试出来的,这是实至名归,可是后来的很多荣誉都是由单位和市总工会选送而评出来的。他总觉得自己只是一个普通的产业工人,实在担不起那么多的荣誉,心里就会有些不安和压力。

于是,喜欢较真的竺士杰在 2009 年就跟单位领导提出,在自己没有搞出新的创新成果之前,不要再给他颁发荣誉了。单位领导知道竺士杰的个性,对他说,荣誉不仅代表成绩,也代表榜样的力量,这些荣誉不单单是代表个人,也是代表单位、代表大家拿的。

听到这些解释,竺士杰的心里才坦然一点。他想,只有努力做得更好,才能担得起这些荣誉。

就这样,荣誉也成了竺士杰的动力。比如顶着巨大的压力参加央视的《挑战不可能》节目,他的想法就很简单,把挑战当作宁波舟山港人的一次实力展示,更当作一次训练和提升技能的绝好机会。

作为从技术工人成长起来的劳模,我想,竺士杰也会有特别累的时候,因为他这么爱动脑筋,总是不知疲倦地琢磨技术革新。当我抛出这个话题时,他非常实在地笑了。

刚参加工作不久,有一次,竺士杰连续干了21个班,一周白班、一周晚班、一周中班,大三班倒。这连续干21个班是什么概念?通俗一点说,就是将近一个月没有休息。

晚班的上班时间,是从夜里12点到第二天早上8点。当别人进入甜蜜的梦乡时,他要一夜无眠,在一个如孤岛似的桥吊上,劳作到天亮。

这样干了一周后,有一天下了晚班,他从早上9点多,一直睡到了第二天凌晨4点,睡了近20个小时都没醒过。他实在是太累了!

那段时间,竺士杰比一般师傅要辛苦得多,他会觉得累,但他从来没觉得自己吃亏。在他看来,领导、师父安排自己多干活,是给自己锻炼的机会,每干一点活,都会有收获。现在自己带徒弟了,他也总是这么教导自己的徒弟,多学多干,学会了就是自己的本事。

干活没有吃亏的,人要有大局观,要有集体荣誉感,这是他常说的话。

关于累这个工作状态,竺士杰有自己的理解。一方面,单位比、学、赶、超的氛围,让大家不由自主地努力向前,这其中,自然要付出努力和汗水,累是必然的。比如,企业对技术工人有考核指标,其中很大一块是看创新成果。2016年,公司成立了以他名字命名的创新工作室,每年都要推出新的创新成果,他就要不断琢磨,怎么带领团队创新。

另一方面,他认为,事物都有正反两方面,每当他们的创新成果出来,那是他们特别快乐、有成就感的时候。那时他就会觉得,所有的苦和累都是值得的!

比如,开桥吊的要求是稳、准、快,但之前没有数据能体现,这准要有多准、快应该有多快。发现这个问题后,从2016年开始,竺士杰的工作室就着手研究如何统计"准"的数据;2022年开始,他们又研究如何统计"快"的数据。

原来班组统计效率,只是统计作业线的单机效率和船时效率,无法统计桥吊司机操作的效率。竺士杰想到了弥补这个缺陷,他和团队对"桥吊一次着箱命中率"进行攻关,利用信息技术,成功破解桥吊着箱命中率监控难题,实现了在任意时间里对任意司机的着箱命中情况以及操作手法的查询。

这些技术创新,在班组管理方面效果明显,谁操作上有弱点,弱点在哪儿,如何提升,都一目了然。

关于荣誉,竺士杰从内心深处觉得,时至今日获得最重要的、最有意义的荣誉,就是全国劳动模范。这是对有干劲、闯劲、钻劲,在平凡岗位上创造出不平凡业绩的劳动者的最高褒奖。

2020年3月29日,习近平总书记来到宁波舟山港穿山港区视察,与职工交流时,给竺士杰留下了"发挥好劳模作用,带出更多的劳模"的嘱托。"总书记的嘱托,让我感到身上的责任沉甸甸的,也给了我无尽的信心和力量,我一定要更加努力工作,带出更多的劳模,决不辜负总书记的嘱托!"竺士杰的话如平凡微光,却也充满力量。

尽管众多荣誉加身,但竺士杰深知,荣誉意味着责任。他表示,要以劳模精神为引领,用心无旁骛钻研技能的工匠精神,用立足本职爱岗敬业的工作态度,去引领和带动身边的同事,立足岗位,在桥吊驾驶室的方寸空间里起吊世界一流强港的远大未来。

听到这些,回望这面荣誉墙,我们会心地笑了。

"政协委员"这个称呼,是与政治协商、民主监督和参政议政紧密联系在一起的,它既是崇高的政治荣誉,也是一份神圣的职责和使命。

2008年,竺士杰有了新的社会职务,作为总工会界别的优秀工人代表,他担任了浙江省第十届政协委员。

作为一名政协委员"新兵",竺士杰深知,自己代表的是产业工人,理应多为这个群体发声,多关心一线技术工人的现状,进而将工匠精神弘扬开来。

他想,在工作之余,自己要多关心国家对产业工人的帮扶政策,紧紧把握时代的脉搏,要有强烈的政治意识和责任意识。同时,还要多到基层调研,了解产业工人的实际需求,因为,没有调研就没有发言权。

带着这些思考,基于这一年对技术工人现状的调研,他提交了《关于重视高级技工人才队伍建设的提案》,建议省里重视高级技工人才队伍的建设,充分发挥一线工人的作用。

除了参与社会调研撰写提案,政协委员还有一项工作,就是参与座谈交流发言。那么,竺士杰是如何突破自我,参与省里的座谈活动的呢?

关于竺士杰第一次参加省政协活动的经历,我采访到了宁波市总工会原副主席陈德伟。听陈德伟介绍,在浙江省政协十届一次大会召开期间,宁波市总工会界别共有3人参加会议,除了他本人,还有竺士杰和镇海电厂的一名女职工。会议期间,陈德伟和竺士杰同住一个房间,看到这位来自东方大港的桥吊司机为人谦虚,性格忠厚,他觉得竺士杰就是自己心中技术工人该有的样子。

这次大会,开得别开生面,振奋人心。联组座谈会召开之前,大家就想到让竺士杰代表一线工人发言,结合他提交的提案,建议省里重视一线工人。

可是,这样大型的活动,竺士杰是第一次参加,并且要现场发言,讲给省长和大家听,怎么能做到流畅自然呢?

"年轻人不会讲,可以学,每个人都有第一次上场的经历。"陈德伟先给竺士杰打气。然后告诉他讲话胆子要大,事先要组织好语言,比如先讲技术工人的现状,当下遇到了什么问题,接下来有哪些好的对策建议等。

竺士杰头脑活络,听陈德伟这么一指导,他立即就领会到了精髓。一写好稿子,他就大着胆子对着镜子反复练习,还不停地询问大家的意见。为了锻炼他的胆量,小组还专门组织了一场组内的试讲。

联组座谈会召开的那天,竺士杰的发言,没有像事先准备的那么照本宣科,被会场热情气氛感染的他,激情高昂地侃侃而谈。他提到刚参加工作的工人可以住集体宿舍,这时候,房子可能不是问题。但在工作岗位上锻炼多年,有了较高的操作技能及丰富的经验,同时也结婚成家有了孩子后,房子就成了大问题,一家人没地方住了嘛!

他略显激动地举例,自己身边有不少技术骨干工友,因待遇不高买不起房子而离开了宁波,其中有几个还是他的徒弟,这就非常可惜。在他看来,城市商品房价格较高,一定程度上影响了企业用工,特别是技术骨干人才的引进。

对于如何解决技工人才住房难问题,竺士杰提出了自己的建议。他认为,可以通过廉租房、人才公寓等多种形式,保障高技能人才的住房需求;还可以借鉴外省经验,通过企业自建廉租房租给自己的员工居住,来稳定职工队伍。

竺士杰这充满激情的发言,引起了大家的共鸣。大家频频点头,现场气氛生动活泼,全场互动不停。

功夫不负有心人。随后,竺士杰提交的提案反馈到了浙江省劳动厅,相关问题得到了解决。比如技术工人评职称,政府更加重视,以前初级技工要达到一定工龄才能评高级技工、技师,后来同意只要在市总工会举办的劳动竞赛、技术比武中取得好的名次,就能晋级成为技师,等于可以跳级评职称。

岁月如沙,悄悄从指缝间溜走。在竺士杰担任浙江省第十届政协委员期间,他一直关注着工友住房的问题。

2012年1月16日,他在笔记本上记下了如下感慨:安居,才能乐业。

参加省政协会议期间,竺士杰心里想来念去的,就是工友们,老想着要为他们的住房问题说几句。平时,工友们做起事来,一个个生龙活虎,可一说起房子问题,大家就高兴不起来。倒也不指望立即能买房子,可是租房子也不容易,还会面临房东中途提价等烦恼。安居,才能乐业。房子,实在是大家的一块心病。

2012年1月17日,他写下的是:几个数字,让我欢喜。

竺士杰在听取政府工作报告时欣慰地表示,工友住房有希望了!今年的政府工作报告提出,新开工建设各类保障性住房8万套,面积在500万平方米以上。看到这几个数字,他很高兴。这是政府在为民分忧做实事,并且政府今后将年年扩大保障住房的建设,相信工人的住房问题不久总会解决的。

一届政协人,一生政协情。随着参政议政活动的增多,竺士杰也在这个过程中成长着,他在笔记本中记录着作为政协代表履职5年来的收获。

他拿到了技师技术职称;2008年,他成为奥运火炬传递宁波站的第一棒火炬手;有幸与温家宝总理在宁波港共度五一;走进中南海,感受国家领导人对一线技术工人的殷殷期盼和关爱。其实,不仅仅是他个人,他身边的工友们也感受到了真切变化。在这几年中,一线技术工人的待遇和社会地位都得到不同程度的提高。宁波港股份有限公司更是先后有16人获得"宁波市首席工人"称号。

同时,他还在思考,高技能人才短缺的问题仍然是全省产业发展的瓶颈。究其原因,很大程度上是不少企业对技工的价值认识还不够,技工的社会地位还没有获得足够认可。在浙江省政协十届五次会议上,他希望社会各界人士都来关注并思考如何改善这一情况。应采取多种激励措施,比如落实外来高技能人才的户口问题,解决住房问题,出台更有指导意义的行业工资标准等,努力提高生产一线劳动者的社会地位,形成全社会尊重技能人才、崇尚技术和技艺的良好风尚。并且,还要努力提高一线技术工人的经济收入,吸引更多的高素质人才加入技术工人的行列。

可以这么说,从一线产业工人队伍中成长起来的大国工匠竺士杰,对技术工人的关爱,已经融入了其生命。

政协提案是政协委员履行职责的重要方式之一,可以反映民意、集中民智。

竺士杰在担任浙江省第十届政协委员期间,提出了《关于重视高级技工人才队伍建设的提案》《保障宁波市乡村医生劳保待遇》《加强中小学校门口交通安全管理》《推进外来务工人员保障房建设》《居民小区铝合金加工点噪声扰民问题的建议》《拆除宁波市游泳健身中心游泳池上空塑料大棚的建议》《增加民工子弟参加浙江省运动会名额》《宁波港区开放集卡双拖平板作业的建议》等提案。对此,他表示:"我是一名工人,当然要把基层群众的声音反映上去。"

竺士杰给许多人留下的印象是办事认真。作为一名政协委员，他更是踏踏实实、不厌其烦地为群众服务。他觉得政协人员履职，一要认真听民声，二要多调研多走访，三要和有关部门耐心沟通。

2009年，竺士杰偶然得知宁波有很多曾经的乡村医生，老了之后没有社会保障，普遍生活比较困难。为此，他专门到鄞州的一位老乡村医生家里实地察看，经过仔细调研，他发现，生活困难的乡村医生不在少数。

"在我的记忆中，当年乡村医生为保障农民群众的健康做出了不可磨灭的贡献。他们看病打针抓药，面面俱到，无论风吹日晒，他们都走村入户治病救人。现在大家富裕了，我们不能忘记他们。"竺士杰暗暗下了决心，开始为乡村医生们的保障问题奔波起来。

他找到宁波市相关部门，约上几位乡村医生，大家一起开起了座谈会。他深入真诚地讲述了乡村医生当下的处境，赢得了相关部门支持。并且，他又通过宁波市相关部门，向省里反映这一问题，在省政协会上，他提交了《保障宁波市乡村医生劳保待遇》的提案。在他的不懈努力下，不久后省里发文，乡村医生们得到了补助。

生活中，竺士杰也是一个重视百姓利益的有心人。就在2009年，他发现一个现象，宁波的运动学校很少有教练到外来务工人员子女中寻找体育苗子。原来,这一现象与《浙江省第十四届运动会(青少年部)竞赛规程总则(草案)》(以下简称《草案》)中规定的外来务工人员子女参赛名额有关。一些教练反映,辛辛苦苦培养出一个体育苗子,却有可能连省运会都参加不了,那何苦去选呢?

  他深入了解后得知,浙江省体育局下发的《草案》还具体规定:除第十三届运动会各方确认的运动员外,篮球、排球(沙排)、射击、自行车项目引进到省队集训的适龄运动员和外来务工人员子女总人数,不得超过该项目实际报名参赛运动员总数的20%,其他项目比赛,外来务工人员的子女参加人数不得超过实际报名参赛人数的10%。

  了解这一情况后,他又去体校走访,得知近两年来宁波市体校招生面临的困境:许多本地孩子在学校里被教练选中了,却因为家长担心孩子受苦而不同意被招收;经常有外来务工人员找到教练想将有体育天赋的孩子送来训练,可由于招收名额的限制,教练也不好多收。

  针对这些问题,竺士杰提交了《增加民工子弟参加浙江省运动会名额》的提案。建议浙江省体育局对《草案》中所提出的"外来务工人员的子女参加人数不得超过实际报名参赛人数的10%"的规定进行调整。

  "只有取消外来务工人员子女参加省运会名额的限制,才能让更多有体育天赋的孩子得到更好的发展,最终促进我省体育事业的发展。"他在提案中建议,修改有关规定,将外来务工人员子女参加省运会名额限制适当放宽,同时严格执行《第十四届运动会外来务工人员子女资格确认、管理办法》,杜绝将引进的运动员放进外来务工人员子女队伍参加省运会。"让更多外来务工人员子女成为体坛明星,这是我们共同的期盼!"竺士杰由衷地表示。

2011年,竺士杰在日常工作中又发现一个问题,很多具有良好操作技能的新生代农民工,因为住房问题纷纷离开浙江,造成了企业的用工荒。

为此,他专门去宁波一些待遇比较好的单位调研,得知在一线操作岗位的技术工人中,有很大一部分是20—30岁的新生代农民工。他们普遍具有较高的操作技能,且大多已成为公司重要的技术骨干力量,因为结婚生子,大部分农民工选择在城乡接合部租房住。但有些人因为承受不了生活压力,离开了宁波。因此,很多公司都不同程度地出现招工难、用工难和留人难的状况。

针对这一现状,他提交了《推进外来务工人员保障房建设》的提案。他建议,让优秀外来务工人员享受浙江的保障性住房政策,让他们在"第二故乡"安居乐业。

他在提案中提到,要把在城市稳定就业、居住达到一定年限且具有较高操作技能的农民工纳入国家住房保障政策体系，纳入政府廉租房、经济适用房政策享受范围。一方面，要完善农民工住房租赁市场，鼓励社区街道、工业园区、企业建设适合农民工租赁的社会化公寓，培育小户型房屋租赁市场。另一方面，要建立完善农民工住房公积金制度，有条件的农民工可以申请住房公积金贷款。同时，要完善农民工住房配套制度，把农民工住房纳入城镇建设规划、土地利用规划中。

带着对百姓利益的关切，在《加强中小学校门口交通安全管理》提案中，竺士杰提出，学校要完善制度，加强管理，实行分时段放学，加大校车服务力度；交通管理部门要加大治理力度，在学校门口附近设护学岗，安排交警或交通引导员疏导交通；强化交通安全意识，将交通安全知识纳入教学大纲，使文明交通安全出行的意识深入人心，以此加强中小学生交通安全管理。

随着宁波舟山港集装箱吞吐量的持续增长，与之配套的港区集装箱运输作业车辆（简称内集卡）数量也在增加。在《宁波港区开放集卡双拖平板作业的建议》提案中，他结合双拖平板内集卡运行对码头硬件条件、安全性能、驾驶技术要求高的实际情况，提出了完善双拖平板内集卡作业工艺、划定双拖平板内集卡作业区域、限定双拖平板内集卡行驶速度、强化双拖平板内集卡驾驶员教育培训等建议。

三、工匠之歌

"做事,就要踏踏实实。作为一名政协委员,就要积极履职,倾听民声,反映民意。"竺士杰说。纵观他在省两会上提出的提案,都和基层群众切身利益有关:对高技能但未必有高学历的外来农民工,建议放宽户籍限制,使他们能留下来;加大对工人的继续教育,覆盖所有企业⋯⋯不难看出,竺士杰有着认真执着的专业精神,有着为工人发声的热切愿望,还有着参政议政、建言献策的强烈责任心。

俗话说,群众看党员,党员看代表,每名党代表都是一面旗帜。

竺士杰曾任中国共产党浙江省第十四次代表大会代表,翻阅他写的一篇《关于培育工匠精神、培养浙江工匠的发言》,我们可以看出,他仍然不忘本职,想到的是工匠精神的传承和弘扬。

作为浙江海港集团的一线员工,能参加浙江省第十四次党代会,他感到非常光荣,更感到责任重大。当看到报告中提出:支持宁波和湖州加快建设"中国制造2025"试点示范城市;加快把宁波舟山港建设成为国际一流强港,打造世界级港口集群;要以国际化为导向,以"一带一路"统领新一轮对外开放⋯⋯这些内容让他明白,在今后5年,宁波舟山港的技术工

工匠之歌

人肯定会大有作为。他觉得,自己一定要将报告的精神与同事们宣传好学习好,努力工作,为实现目标撸起袖子加油干。

最让他兴奋的,是看到报告中提到把高技能人才和工匠列为紧缺人才,全面振兴实体经济,加强工匠队伍建设。

这不由让他联想到,2016年宁波市总工会开展了工匠精神大讨论,开展寻找身边的工匠活动,挖掘产生首批50名长期奋战在生产一线的港城工匠并制定出台了《培育港城工匠实施意见》,首次设立2000万元港城工匠发展基金,五年内用于作为一线技术工人学历技能提升的教育培训补助;2017年5月1日,浙江省总工会选树了首批"浙江工匠",他也荣获了"港城工匠"和"浙江工匠"的荣誉称号。

工匠精神在政府报告中成为高频热词,这是大家翘首期待的事。

但是,就他的观察,社会上重学历轻技能的观念还是没有根本扭转。他去过很多职业技术学校做报告,接触了很多职业技术学校的学生和家长,总体感觉就是:只有读书不行的孩子,考不上大学,实在没办法才去读职业学校,毕业后成为工人。因此,进入到蓝领技术工人队伍的好多年轻人,都是不爱学习或者说学习能力比较弱的孩子,甚至很多技术工人都是农民工。

他在思考,如果技术工人团队整体素质不高的现状不尽快改善，我们制造业从大到强的转型就会非常困难。于是，针对技术工人整体素质不高的现状，他提出了关于培育工匠精神、培养浙江工匠方面的建议。

首先，在学业教育上，注重学术人才培养与技能人才培养兼顾并重，加大对职业技术学校的扶持力度，尽快推动落实两类人才、两类招考模式，保证技能型人才的生源和质量。

他提出，希望能让职业技术学校里技能水平高的学生，获得高学历文凭。比如，高中时期可以根据学生的兴趣取向，分学术人才培养和技能人才培养两个方向。参加高考时，不同培养方向的学生可以分别考取学术类高等院校和技能类高等院校。工作中，希望能给予学历不高的技能员工更大的政策支持，在专业技能方面给予更多的学习机会，对职工的学历提升给予一定的经济补助。

其次，深入实施蓝领成才工程，深化职工经济技术创新平台建设，推进职业终身教育，为中高级技术工人提供学习深造机会，构建科学合理的技术工人培养体系。并且不断提升技能人才的工资待遇和社会地位，让能工巧匠的收入待遇与精湛技艺相匹配。

比如，宁波舟山港集团出台职业技能晋升通道政策，受到了广大技能型职工的拥护。公司在技术工人领域设立了首席技师、首席工人、主任技师、操作能手四个等级聘任制度，三年

工匠之歌

一次考核,对符合相应技术等级的工人分别给予每月5000元、3000元、2000元、500元的技能津贴奖励。这一政策激励了普通员工学习技能的热情和干劲,树立起对职业敬畏、对工作执着、对岗位负责的态度,把精益求精、严谨细致、耐心专注、专业敬业作为自身价值的体现。

同时,他也希望能够加大和完善优秀技能人才奖励制度,并将其纳入财政支持的范畴。比如,对获得"港城工匠""浙江工匠"荣誉称号的技术工人,可以从体制、机制上给予扶持,参照引进高科技人才的做法,在购房、落户、子女教育等方面给予一定的政策倾斜,这样能进一步在社会上形成共识,让更多工人学技能、练技能,能够走技能成才之路。

最后,结合浙江产业特点,深入开展各级各类技能比武、技能竞赛,为技能人才提供切磋技艺、交流经验、展示技能、提升素质的机会,帮助技能人才实现更全面的发展。

他觉得,要紧跟新业态新经济发展形势,与时俱进调整技能比武项目目录,更新技能比赛职业(工种),使技能大赛与企业需求和现代科技相融通,引领我省产业创新发展方向。把技能比武与劳模先进评选有机结合起来,劳动模范、五一劳动奖章等荣誉,要向比赛中涌现出来的优秀技能人才倾斜,进一步引导激励职工学技能、练技能、打造绝技绝活的工作热情。

我们欣慰地看到,为深入贯彻落实人才强省战略,顺应产业升级和高质量发展要求,竺士杰的建议提出后不久,浙江印发《关于实施新时代浙江工匠培育工程的意见》,以培育知识型、创新型、复合型高技能人才为重点,着力深化技能人才培养体制机制改革,加快构建"产教训"融合、"政企社"协同、"育选用"贯通的技能人才培育体系,努力把浙江打造成为新时代工匠的培育引领之地、成长向往之地、技能创新之地。

工匠精神需要培育和引领,更需要榜样的力量,竺士杰用实际行动诠释了人大代表为人民的使命担当。

有梦作翅膀

都说个人的成长，离不开环境的滋养。2008年，对竺士杰来说，是值得铭记在心的年份。这一年宁波–舟山港一体化带来的效果初步显现，年集装箱吞吐量首次突破1000万标准箱；而随着大港扬帆起航的竺士杰，在这一年里，受到国家领导人两次接见，他是多么幸运，又是多么杰出！

也就是从2008年开始，竺士杰陆续受到了党和国家领导人的7次接见：

第一次，2008年5月1日，温家宝总理来宁波港视察，竺士杰与温总理在宁波港职工食堂共进午餐；

第二次，2008年6月14日，作为青年产业工人代表，竺士杰参加了胡锦涛等党和国家领导人组织的座谈活动；

第三次，2015年劳动节前夕，荣获全国劳动模范称号的竺士杰，受到习近平总书记等国家领导人接见；

第四次，2018年9月30日，作为全国劳动模范和先进人物代表的竺士杰，受到习近平总书记等国家领导人接见；

第五次，2019年1月17日，作为全国技术能手代表的竺士杰，受到国务院副总理胡春华同志的亲切接见；

第六次，2020年3月29日，习近平总书记来到宁波舟山港穿山港区视察，竺士杰作为港口职工代表向总书记汇报工作，习总书记嘱咐他："发挥好劳模作用，带出更多的劳模。"

第七次，2021年11月5日，荣获第八届全国道德模范称号的竺士杰，受到习近平总书记接见，习总书记对竺士杰说："你是劳动模范。"

让我们把目光定格在2008年。这一年，竺士杰才28岁，他第一次受到了国家领导人接见。

2008年的5月1日，暮春的江南，草木葱茏。这一天，是属于世界工人们的节日。温家宝总理来到浙江，与劳动模范和普通劳动者一起共度节日。温总理用实际行动告诉大家：党和国家尊重劳动，关怀劳动者，我们所做的一切，都是为了让人民生活得更加幸福，更有尊严。

在和煦的阳光映照下，温总理来到宁波港集团。作为我国大陆重要的集装箱远洋干线港，宁波港是铁矿、原油、液化品等原材料的中转储存基地，也是华东地区主要的煤炭中转基地。

伫立在宁波港集团办公大楼的顶层，温总理先是详细察看

工匠之歌

了介绍宁波港发展的沙盘,后又举目远眺宁波港作业区。当听宁波港负责人汇报目前港口散装货物吞吐量位居世界第四、中国第二时,温总理笑着说,咱们宁波港的条件好、发展快、潜力大,具有很好的基础,我们关键是要着眼长远、做好规划,既要统筹港口发展与经济建设,也要统筹港口发展与对外开放,做到百年不落后。

伴着习习的海风,温总理来到了宁波港的集装箱三期码头,看望节日期间坚守生产一线的海港工人,并向全国工人们致以节日的问候。簇拥在工人中间,他提出三点希望:第一,作为新时代的工人,应该是有觉悟的,要自觉为现代化建设做奉献;第二,要努力学习掌握现代知识技能;第三,要勇于创新、勇攀高峰。他说,无论从事什么工作,都是为人民服务,都应该得到人民的尊重,得到党和政府的关心。

听到温总理的一番话,大家自发地鼓掌,现场响起了一阵掌声。当听到温总理介绍国际国内经济形势,表示只要我们依靠群众,团结一致,迎难而上,就没有过不了的关、没有迈不过的坎时,工人们齐声回答:"一定不辜负总理的期望!"

不知不觉间,到了中午用餐时间,温总理走进三期码头的职工食堂,与工人们共进午餐。他拿着托盘,跟大家一样,到窗口打了两个包子,一份西红柿炒鸡蛋,一份炒笋片,一碗紫菜汤,坐到工人们中间边吃边聊。此时,作为"竺士杰桥吊操作法"的发明者,竺士杰在职工食堂的一张四人餐桌上,挨着温总理一起共进午餐。

"你们工作累不累?有什么困难需要党和组织解决?"温总理关切地询问大家。

"向总理汇报,我们工作在宁波港很幸福!"职工食堂充满了欢声笑语。

"你们的业余生活丰富吗?平时下班都喜欢做什么?"温总理又问。

"我们的班组有很多丰富多彩的文艺活动,有班组篮球队、拔河队。在集团职工运动会上,大家参与了羽毛球、游泳、跳绳、田径等多个单项比赛。"现场桥吊班的工人回答道。

"这很不错,在座的很多都是全能人才嘛。"从工人们的学习生活工作,到港口的建设发展,温总理认真倾听着。

"我给总理汇报一下,我与同事共同摸索出来一套新的桥吊操作法。这个自创的操作法能够减轻劳动强度,提高生产效率,还能增加起吊的安全系数,现在正在北仑港区推广使用。"竺士杰说。

温总理听后,高兴地放下手中的筷子,问竺士杰:"你今年多大了?"

"我今年28岁,在宁波港,像我这样在一线工作的青年产业工人还有很多。"竺士杰回答。

工匠之歌

听到竺士杰这么说,温总理微笑着对陪同的浙江省主要领导说:"这很好,我们要重视和鼓励基层一线的小发明、小创造。这些在生产劳动中产生的智慧,往往能起到大作用。"他勉励竺士杰,要保持这种创新的劲头,继续努力,在实际工作中再多一些发明创造,为企业增加效益。

竺士杰听后,使劲点了点头。

"大家不要急,慢慢吃,我陪着你们。"温总理先吃完饭,他让工人们慢慢吃,随后他还要来了一套工作服穿上,与大家一起合影。

"选择在五一劳动节这个日子,与普通劳动者共度节日,温总理既有对劳动者的关怀,更有对新时代工人的期许。听完温总理的嘱咐,我感觉改革开放就是解放生产力,就是鼓励工人创业创新。我已经深深感觉到,新时代的产业工人舞台很广阔。"回忆这段经历,竺士杰由衷地表示,温总理的嘱咐,更加坚定了自己立足岗位的信念,自己要带着创新思维投入到每天的工作中去,更加踏实努力地工作。

竺士杰发自肺腑的一席话,让我感受到了咱们港口工人的智慧和力量。工作之余,竺士杰喜欢听古典协奏曲。我想,以港口码头为琴,以一个个错落有致的集装箱为键,为宁波舟山港谱写更稳、更准、更快的桥吊协奏曲,这会是他心中最美的音乐!

三、工匠之歌

接下来,让我们看看竺士杰第二次受到国家领导人接见的经历。

2008年6月14日的北京,初夏的阳光闪耀,温暖中孕育着炽热,就如同年轻人飞扬的青春。这一天,竺士杰作为共青团十六大的青年产业工人代表,在中南海怀仁堂参加胡锦涛等党和国家领导人组织的座谈活动,并在座谈会上做了题为"在高空'穿针引线'"的汇报发言。

"1998年7月,我从宁波港技工学校毕业,来到宁波港成为一名龙门吊司机……"座谈会上,竺士杰深情地讲述着自己的成长经历。当时他觉得龙门吊的驾驶室很高,距离地面大概有六七层楼那么高。后来转岗后才知道,与龙门吊相比,桥吊的高度要高了一倍,速度也快了一倍。面对浮在海上的船舶,他们要"穿"的是晃动着的"针眼",心灵手巧的他很快掌握了这项技术。在一年多的摸索训练中,他自创了减速稳关操作法,作业中可以轻松实现"稳、准、快",卸货时间缩短了,每卸一艘船,就能为公司创造4万多元的经济效益。并且,新的操作法使驾驶室不再频繁地急刹车,司机轻松了,还降低了桥吊的故障率。公司把他的操作法命名为"竺士杰桥吊操作法",在桥吊班加以推广,并号召全体员工学习他的进取和创新精神。

工匠之歌

"我想，无论做什么工作，只要自己干一行、爱一行、精一行，就一定能够在平凡的岗位上做出不平凡的业绩！"座谈会上，竺士杰最后感慨地说道。

随着竺士杰的讲述，现场响起了一阵阵热烈的掌声。

"作为一线工人能参加这样的盛会，对我是荣耀也是激励，我将更加努力踏实地工作，争取有更多的创新。"采访中，竺士杰表示。

时至今日，当我又一次听到这些质朴真诚的话语，我的心里充满了感动，竺士杰说得太好了，干一行、爱一行、精一行，每个人都是自己的状元郎！

可是，对竺士杰来说，参加此次座谈，他的心里还留下了一个极大的遗憾。原来，在座谈结束，受到国家领导人接见时，时任国家副主席习近平同志得知竺士杰是宁波–舟山港的员工，就亲切地拉着他的手，问宁波–舟山港的集装箱吞吐量是不是全国第三了，"当时，我实在太紧张了，一时没能回答上来！"竺士杰懊恼地说。

别说是年仅28岁的竺士杰，我想，换了谁，第一次参加这么盛大的活动，自然也会紧张得说不出话来的。

时光在奋进中悄然流逝。很快就到了2015年，这一年的5月，习近平总书记在浙江考察时，提出了"干在实处永无止境，走在前列要谋新篇"的新要求。8月，浙江省委、省政府做出了"整合统一全省沿海港口及有关涉海涉港资源和平台"的决策部署。9月,由原宁波港集团、原舟山港集团整合组建的宁波舟山港集团有限公司揭牌。

就在2015年的劳动节前夕,竺士杰第三次受到国家领导人接见。

为了弘扬劳模精神,弘扬劳动精神,弘扬工人阶级和广大劳动群众的伟大品格,2015年劳动节前夕,庆祝"五一"国际劳动节暨表彰全国劳动模范和先进工作者大会在北京人民大会堂隆重举行,大会以最高规格表彰全国劳动模范和先进工作者。获得"全国劳动模范"荣誉称号的竺士杰,第三次受到国家领导人接见,并聆听习总书记讲话,他记住了三百六十行,行行出状元的道理。

但是,在这次表彰大会上,他虽然见到了习总书记,却没能同他说上话。于是,上次座谈埋藏在心底的遗憾,只能继续沉淀。

港口的发展,凝聚着港口人的聪明才智和辛勤汗水,也给港口的建设者带来了荣光。

2018年,宁波舟山港完成货物吞吐量10.8亿吨,连续10年位居全球第一;完成集装箱吞吐量2635万标准箱,首次跻身世界港口前三强,跃居中国港口第二位。

这一年的9月30日,竺士杰第四次受到国家领导人接见。

工匠之歌

这一天,国务院在人民大会堂举行国庆招待会,热烈庆祝中华人民共和国成立69周年。在此次国庆宴请中,作为全国劳动模范和先进人物代表的竺士杰,有机会第四次受到国家领导人接见。

随着军乐团奏响《义勇军进行曲》,全场起立激情高唱国歌,国庆招待会拉开了序幕。时任国务院总理李克强同志代表党中央、国务院,向全国各族人民致以节日祝贺,向港澳同胞、台湾同胞、海外侨胞致以亲切问候,向所有关心支持中国建设发展的国际友人表示衷心感谢。

"那天,人民大会堂宴会厅华灯璀璨,鲜花绽放,洋溢着喜庆热烈的气氛。我们跟习总书记等国家领导人隔桌而坐,总书记高举酒杯,隔桌跟大家干杯。在欢快的乐曲声中,中外宾朋举杯同祝中国繁荣富强,人民幸福安康。"说起这些时,竺士杰有抑制不住的激动。到现在,他还能记得餐桌上荷兰豆的清香,还有那象征着增福、添寿的大蟠桃,寓意着国泰民安、人寿年丰。

2019年是新中国成立70周年。这一年的1月17日,大国工匠竺士杰第五次受到国家领导人接见。

作为全球最大的综合性货物枢纽港,宁波舟山港在2019

年的货物吞吐量超过11亿吨,连续11年位居全球港口第一;完成集装箱吞吐量超2753万标准箱,排名位居全球前三。繁忙的港口造就了杰出的技能人才,2019年竺士杰被人社部授予"全国技术能手"称号,也是在这一年,他入选中华全国总工会评选的2019年"大国工匠年度人物",成为浙江省唯一的大国工匠。

"大国工匠年度人物"发布活动,由中华全国总工会、中央广播电视总台联合举办,经各省级工会和全国产业工会推荐、职工群众推荐自荐、专家评委会评审后,在全国范围内一共选出10位"大国工匠年度人物"。

竺士杰能够代表港口桥吊司机入选,一方面,他从一名普通的桥吊司机到独创高效率桥吊操作法的技术能手,几十年如一日,用持之以恒的坚守和精益求精的追求,诠释了平凡岗位上的钻研奋斗精神;另一方面,他摸索出的"竺士杰桥吊操作法"是宁波舟山港首个以职工名字命名的操作法,这些年在实践中,他为宁波舟山港培养了一大批技能出色的桥吊司机。

聊到这些荣誉时,竺士杰的眼神犹如湖水般清澈。时至今日,他还能清楚地记得,作为全国技术能手代表第五次受到国家领导人接见的经历。那是2019年的1月17日,第十四届高技能人才表彰大会在北京举行,竺士杰赴京参会并在高技能人才座谈会上发言,受到了国务院副总理胡春华同志的亲切接见。

"从2006年起吊宁波-舟山港第700万个标箱，到2017年完成全球首个10亿吨大港跨越之吊，作为货物吞吐量全球第一、集装箱吞吐量全球第三的世界级大港蝶变的重要见证人，我想说的是，宁波舟山港的大发展大跨越，成就了作为建设者的我们。"竺士杰在发言中表示，技能人才不仅要致力于成为工匠精神的践行者，更要甘于担当工匠精神的传承者。

诚如竺士杰所言，多年来，他扎根码头生产一线，用极致专注的态度精雕细琢，精益求精，从一名普通操作司机成长为浙江省技能状元、全国劳模，并享受国务院政府特殊津贴，成为工匠精神的坚实践行者。与此同时，随着"竺士杰创新工作室"的成立，他带徒传艺，带领团队攻克30余项课题，培训全省港口大型机械操作司机几千人次。

"我希望国家能够大力发展技工教育，兴办更多的技工院校，在政策措施上，提高学技能也可成才的社会认同度，吸引更多的优秀人才去技工院校学习，为建设知识型、技能型、创新型劳动者大军提供有力的技能人才支撑。"说到这些时，竺士杰的眼神中流露对未来的期待。

都说人才的培养就像大树成长一样，需要土壤、雨露和阳光滋养。在这里，我们要说说宁波舟山港的当家人董事长毛剑宏。采访中得知，竺士杰是毛剑宏"钦点"的联系人才，由"一把手"亲自结对桥吊能手,宁波舟山港集团对技术人才的关爱可见一斑。

原来,宁波舟山港集团从2017年5月起,实施了《领导人员联系群众制度(试行)》,要求集团领导班子成员每人联系一名企业人才。竺士杰凭借自己的实干和创新精神,获得了集团董事长毛剑宏的青睐。结对后,毛剑宏多次与竺士杰谈心谈话,了解他的近况,关心他的成长。在一次座谈交流中,竺士杰讲述了当年有幸见到习总书记,却没能回答上问题的遗憾,这事被毛剑宏放在了心上。

2020年3月29日,竺士杰有机会第六次受到国家领导人接见。

常言道,念念不忘,必有回响。当竺士杰第六次受到国家领导人接见时,他终于有机会弥补之前的遗憾了。

那日下午,习近平总书记来到宁波舟山港穿山港区,冒雨察看码头的集装箱作业场景,听取港区复工复产情况汇报,同港口职工代表亲切交流。毛剑宏知道竺士杰心中的遗憾,特地安排他作为职工代表向习总书记汇报工作。

"看到习总书记在毛董事长的陪同下,来到我们职工当中时,我激动不已!毛董事长向习总书记介绍我,说我是总书记指挥起吊宁波舟山港第700万个标箱的桥吊司机,是全国劳模和大国工匠,并曾经受到习总书记亲切接见。"竺士杰说,此时

工匠之歌

他立马抓住机会向习总书记报告,"2008年在北京,您接见青年产业工人代表的时候问过我,宁波-舟山港的集装箱吞吐量是不是全国第三,报告总书记:我们的集装箱吞吐量已经是世界第三,货物吞吐量已经是世界第一。"

"你的话,我记住了。对了,你是哪里人?"习总书记问竺士杰。

"浙江宁波人!"竺士杰高声回答。

"你们的工作服,为什么颜色不同?"习总书记又问竺士杰身边的同事。

"因为大家的工种不同,所以工作服的颜色不同,这是修理人员和现场操作工人的区别。"同事回答。

习总书记问大家:"有什么话要对我说的吗?"大家没有应答,于是竺士杰就说:"我们在世界第一大港工作,非常的自豪!"

随后,习总书记站到职工队伍的正中间开始发表讲话。他讲到疫情复工复产的情况,充分肯定了宁波舟山港在疫情防控和复工复产方面所做的工作,并对港口人提出了新的更高要求。"我对宁波港是有感情的。我刚到浙江工作,就提出了宁波、舟山一体化,我还为宁波-舟山港管委会揭了牌。"习总书记说。

竺士杰回忆起这些场景,仍然记忆犹新。他说,当时,大家深切地感受到习总书记对宁波舟山港的深厚情感和对港口发展的殷切期盼。宁波舟山港一体化是习总书记主政浙江期间，亲自部署、亲自推动的一项重大改革。作为宁波舟山港的员工，大家从事的工作是习总书记亲自关心、部署、推进的，唯有撸起袖子加油干，把宁波舟山港建设好了，才能不辜负总书记的期望。最后，习总书记祝福宁波舟山港能够早日建设成为世界一流的强港。

习总书记发言完毕，准备离开，大家簇拥着欢送习总书记向门外走的时候，竺士杰就跟在习总书记的身后。没想到的是，习总书记突然回头，嘱咐竺士杰："发挥好劳模作用，带出更多的劳模。"此时，竺士杰的心里既惊喜又激动。

"总书记，我一定不辜负您的期望，加倍努力工作。"竺士杰当即高声回答。他觉得，习总书记特地嘱咐他发挥劳模作用，就是希望以劳模精神为引领，让更多的职工能够以劳模脚踏实地的干劲，发挥新时代产业工人的特点，不光能干、会干，还要创新地干，为宁波舟山港建设世界一流强港做出自己的贡献。

2021年11月5日，竺士杰第七次受到国家领导人接见。

这一天，北京举行第八届全国道德模范表彰活动，竺士杰被授予了第八届"全国道德模范"荣誉称号。也因此，关于劳模这个话题，当竺士杰第七次受到国家领导人接见时，还在

工匠之歌

延续。

表彰活动上,评委会认为,竺士杰立足岗位,精研技艺,能在49米高空中"穿针引线",创下每小时起吊185个自然箱的世界纪录;他敢为人先,开拓创新,"竺士杰桥吊操作法"在全国港口推广;他言传身教,奋勇向前,"地中海白羊座"集装箱货轮受剧烈风浪影响,大量集装箱箱体倾斜,竺士杰现场指挥,经过20多个小时的紧张抢险,圆满完成救援任务。

表彰结束时,习近平总书记在人民大会堂接见道德模范代表并与大家合影,看到竺士杰站在身后,习总书记对竺士杰说:"你是劳动模范。"

习总书记在日理万机中,还记得自己的劳模身份,这让竺士杰非常感动。他深知,此次获得敬业奉献类全国道德模范荣誉,是鞭策更是激励。在他看来,敬业奉献就是要热爱自己的职业,在此基础上苦练技能、不断创新、担当有为。

"在北京参加一系列活动的过程中,我非常感动,包括在颁奖时,我也有落泪,被全国道德模范们深深打动。我的团队里,有全国技术能手,有省劳动模范,有市五一劳动奖章获得者。我要继续带领他们前行,在工作上有更多的建树。"受到国家领导人7次接见的竺士杰,眼下考虑最多的是要继续将自己的专业技能发挥好,带出更多优秀的人才。

坚守初心,练就令人惊叹的本领;刻苦钻研,将一件小事做到极致……一路采访中,很多同龄人都认为,大国工匠竺士杰变不可能为可能的经历,传奇而励志。

写到这里,让我们继续领略竺士杰工匠精神的魅力。在2021年,大国工匠竺士杰用汗水追逐梦想的事迹,入选了全国学生必修课读本——《习近平新时代中国特色社会主义思想学生读本》。

翻开这本闪耀着五星红旗光芒的小学低年级读本,就会看到大国工匠竺士杰等劳动者代表的人生梦想,以及他们为实现梦想而努力奋斗的先进事迹。

小时候,竺士杰的梦想是让世界各地的货船经过中国码头后,能重新顺利起航。如今,他在49米高的桥吊上稳、准、快地操控着桥吊,应对不同船型结构、不同天气特点,吊运不同重量、不同尺寸的集装箱,都能做到精准对位……

据了解,该读本由教育部组织编写,是中小学生学习习近平新时代中国特色社会主义思想的一本重要教材,也是推动大中小学思政课一体化建设的重要载体。从2021年秋季学期开始,该读本已经在全国各地中小学使用。

读本中记载,从技校生到大国工匠,竺士杰用艰苦卓绝的不懈奋斗,实现了自己的人生梦想。多年的勤学苦练,使他在狭窄的驾驶室里练就了一手绝活,发明了"竺士杰桥吊操作法"。如今,以竺士杰名字命名的创新工作室已形成了以他为总导师，包括 8 名金牌导师和 300 名桥吊司机的人才梯队。同时，他的工作室团队中，浙江省劳模、全国技术能手等能人辈出。

掩卷沉思，让我们为追梦人竺士杰点赞，相信努力付出终有回报！

写到最后，就让我们用几个"最美"的赞美词，来诠释竺士杰这些年的辛勤劳动。

用苦练铸就"最美"的技术。在码头上，桥吊是最大最高的机械设备，随着船舶大型化发展，桥吊现已有 49 米高的高度。这样，我们的桥吊司机就要在相当于 16 层楼的高空，精准控制吊具，同时还要克服海风吹袭、轮船浮动等影响，将 4 个锥形锁头对准地面卡车上的集装箱，进行锁孔。从宁波港技校毕业后，竺士杰先后在码头从事龙门吊、桥吊作业，为干好在高空"穿针引线"的活，他每天用秒表记录操作时间，主动挑战高难度的小船作业，很快成为桥吊班班组骨干，摘下了浙江省金锤奖。

用智慧描绘"最美"的弧线。桥吊工作中，竺士杰发现传统的操作法存在动作连贯性不够的弊端，于是，他日思夜想琢磨技术升级。凭借钟摆原理，他研究出了一套"竺士杰桥吊操作法"，现已升级到 4.0 版本。2020 年，"大国工匠工作法"系列丛书《竺士杰工作法：桥吊操作基本方法与实际应用》出版，并发布系列配套视频课程,在业界广受好评。据测算,运用这一操作法后,每卸一条船平均可节约4万多元。以此为技术支撑,他研究出台的远程操控技术,让一座座桥吊,在浙江海港的码头上描绘出美丽的弧线。

用传承缔造"最美"的团队。竺士杰牢记习总书记的殷切嘱托,始终保持高度的责任感和昂扬奋进的工作姿态,精心培育竺士杰创新工作室人才,打造金牌导师团队,先后培训桥吊司机三千余人次,培养各类先进技能人才数十人,完成了30多个自主创新项目的研发。常言道,名师出高徒,技能代代传,在2019年和2020年,他的两个徒弟分别攀上了浙江省劳动模范、宁波市五一劳动奖章的高峰。竺士杰说,大国工匠要能团队作战,他是这么说的,也是这么做的。

服务创造价值,奋斗成就梦想,作为浙江产业工人群体的典型代表,竺士杰用"最美"的技术、"最美"的弧线、"最美"的团队,助推东方大港不断演绎浙江骄傲的"最美"传奇。他的身上闪耀着爱"港"敬业、顽强拼搏、追求卓越的光芒,散发着浓厚的新时代味、浙江味!

这些年来,竺士杰的初心未改,挑战不息,在与港口同成长的追梦旅途中,生命因此而焕发别样的光彩!

后　记

砥砺传承，匠心筑梦。

2023年9月12日上午，伴随着阵阵欢呼和喝彩声，杭州第19届亚运会火炬传递宁波站最后一棒火炬手——宁波舟山港北仑第三集装箱码头有限公司桥吊班大班长竺士杰，高举着火炬，面带微笑，一路小跑抵达终点。主舞台上，他点燃象征着人类和平、团结、友谊、进步的火种盆，随后由火种护卫迎回火种，完成收火仪式。

这是竺士杰第三次当火炬手了。他曾先后担任2008年北京夏季奥运会和2022年北京冬残奥会的火炬手，当得知自己要担任杭州亚运会火炬手时，竺士杰很激动："让劳动光荣闪耀在亚运时刻。"

劳动光荣，技能宝贵，创造伟大，这是我第一次见到竺士杰的感受。他在49米的高空日复一日地"穿针引线"，他在创新工作室带领团队潜精研思地钻研技术课题,他在职业学校的讲台上不知疲倦地传授技能成就人生的道理。那么,我们的大国工匠是怎么产生的呢?这是我在本书的第一部分所要讲述的内容,在绚丽的海港,有他最初的梦想,还有时代对工匠精神的呼唤,这犹如一道光,照亮了他的技能成才人生路。

大国工匠身上,闪耀的是默默坚守的榜样力量。在第二部分,我着重介绍竺士杰成为大国工匠的历程。在16层楼那么高的桥吊上,像我这样恐高的人,根本就不敢多待一会儿。可竺士杰不是这样,他不仅长年累月地工作在桥吊上,还在深耕细作的劳作中,思考着如何改进工作方法,写就了8000余字的"竺士杰桥吊操作法",开创了一分多钟就能吊起两个集装箱的中国速度。我想,他用精雕细琢、精益求精的实际行动,诠释了产业工人务实严谨、专注专一的工匠精神。

工匠之歌,是奋斗者之歌。在第三部分,我着重梳理了竺士杰参加央视《挑战不可能》节目,作为浙江省政协委员、浙江省党代表履职,以及受到国家领导人7次接见的经历。生命无止境,奋斗无止境,他用了几个月时间,研究操作桥吊起吊集装箱,然后将球"踢"进35米远的球门这项"不可能"完成的任务;他参加浙江省政协会议,提交《关于重视高级技工人才队伍建设的提案》,提出弘扬工匠精神、劳模精神的建议;他在中南海怀仁堂参加座谈,讲述干一行、爱一行、精一行,就一定能够在平凡的岗位上做出不平凡业绩的真谛。

致敬像竺士杰一样,在平凡岗位上默默奉献的所有劳动者!感谢宁波舟山港集团提供采访支持,感谢北仑区委宣传部的信任和帮助,感谢谢志强老师、南志刚老师对本书的悉心指导,感谢宁波出版社的精心编辑,感谢走进本书的受访者,感谢我们这个伟大的时代!

彭素虹于2023年初冬